Penelope Fitzgerald
Das Engelstor

Roman

Aus dem Englischen
von Christa Krüger

Insel Verlag

Originaltitel: *Gate of Angels*

Die englische Originalausgabe erschien 1990
im Verlag Harper Collins, London

Erste Auflage 1994

Druck: Nomos Verlagsgesellschaft, Baden-Baden
Printed in Germany

Das Engelstor

Erster Teil

Erstes Kapitel
Drei Nachrichten für Fred

Unerhört war der Wind, der tief im Inland noch mit solcher Gewalt über die Straßen fegte, daß die Radfahrer am Spätnachmittag auf dem Weg zur Stadt schwankten wie Boote in Seenot. Sie fuhren auf der Mill Road in Richtung Cambridge, vorbei an Friedhof und Armenhaus. Auf dem unbebauten Gelände zur Linken war der Sturm in die Trauerweiden gefahren und hatte sie gerüttelt und niedergedrückt, bis die Äste nachgaben und ganze Wasserfälle von Zweigen wild bewegt über das nasse Gras schleiften. Die Kühe gerieten außer Rand und Band und spießten die silbrigen Weidenzweige, die plötzlich gegen alle Erfahrung überall erreichbar waren, mit den Hörnern auf. Sie waren bald über und über behängt mit Girlanden aus Weidenästen. Sehen konnten sie nicht mehr recht, stolperten deshalb und gingen zu Boden. Zwei oder drei wälzten sich verwirrt auf dem Rücken, ließen sich beim Kauen aber nicht stören und reckten dem Himmel ihre dicken weißen Bäuche entgegen, die von Natur aus immer geschützt und verborgen bleiben müßten. Ein einziges Bild der Unordnung: Baumkronen auf der Erde, Beine in der Luft – und das in einer Universitätsstadt, die sich ganz der Logik und ordnenden Vernunft verschrieben hatte. Fairly fuhr so schnell er konnte. Er schätzte es gar nicht, wenn ihn andere Radfahrer überholten. Kein Radfahrer schätzt das. Die ungewöhnlichen Wetterbedingen (manche Radler blies der Wind um) verwandelten die Mill Road in einen Schauplatz verbissenen Stolzes.

Es war das Jahr 1912; Fairlys Rad, ein *Royal Sunbeam*,

muß also dreizehn Jahre alt gewesen sein. Es hatte Palmer-Reifen, die auf der nassen spiegelglatten Straße ein Muster aus langen drahtartigen Linien zeichneten. Es tat ihm wohl, daß er einen Radfahrer überholen konnte, der von hinten Ähnlichkeit mit einem flüchtigen Bekannten hatte und, wie sich dann zeigte, auch wirklich jemand war, den Fairly kannte, ein Assistent bei den Sinnesphysiologen, der laut rief: »Die kommen nicht wieder auf die Beine, die armen Viecher.«

Er brüllte wie bei einem Bad in der Brandung. Einer nach dem anderen mußten die Radfahrer einen scharfen Bogen fahren, um einem Hut auszuweichen, der jemandem vom Kopf geflogen war und nun verbeult und zerdrückt über die Straße kullerte. Eine ganze Gruppe kam vorbeigefahren, dann löste sich einer aus ihr und hielt sich neben Fairly.

»Skippey!«

Was Skippey sagte, konnte er nicht hören, deshalb blieb er zurück und holte dann auf der anderen, windabgewandten Seite wieder auf.

»Was hast du gesagt?«

»Denken ist Blut«, antwortete Skippey.

Der erste Mann, der flüchtige Bekannte, gewann Boden. Sie waren jetzt zu dritt auf gleicher Höhe.

Der Wind riß ihm die Worte vom Mund.

»Ich habe was verwechselt. Schafe sind das, die nicht mehr hochkommen können, Schafe, nicht Kühe.«

»Da bin ich aber erleichtert!« schrie Fairly zurück. Jetzt, da der Regen einen Augenblick nachließ, waren die Tropfen, die der Wind von den Blättern fegte, scharf wie Schotter.

Auf der Höhe von *Christ's Pieces* bog Fairly rechts ein, fuhr genau gegen den Wind, und endlich kam Land für ihn in Sicht: sein College, St. Angelicus.

Angels war damals wie heute ein sehr kleines College. Seit

fünfhundert Jahren wird nun schon darüber gewitzelt, daß man es wegen seiner Winzigkeit kaum finden kann und daß die Bewohner Mühe haben, ihre langen Gliedmaßen darin zu verstauen. Mit dem Beginn des zwanzigsten Jahrhunderts hatten sich die Raumprobleme verschärft – ein Beispiel dafür war der Platzmangel im überdachten Fahrradständer für die Fellows, der geduckt wie ein Bauernschuppen an der Innenmauer lehnte, dicht am Stifter-Tor. Bauern hätten allerdings diesen wie jeden anderen Schuppen auf der wind- und regenabgewandten Seite gebaut, der überdachte Fahrradständer war aber nach drei Seiten hin offen für beides. Und außerdem fragte sich jeder Eintreffende besorgt, welcher Konkurrent samt Fahrrad ihm wohl zuvorgekommen war. Der Tutor von Angels war schon seit dem zweiten Burenkrieg Freiwilliger im *East Anglian Territorial* Fahrrad-Corps und benutzte, hauptsächlich aus Gründen der Eitelkeit, immer seine Sicherheitsmaschine, eine Sonderanfertigung mit Ledertasche für Signalflaggen, Gewehrablage und Extrawasserbehälter. Diese Maschine brauchte über ihren eigenen Einstellplatz hinaus noch drei Achtel vom Nachbarplatz, und wer dann als Letzter kam, so wie Fairly offenkundig an diesem Abend, dem blieb nichts übrig, als sein Fahrrad mit beiden Händen hochzuhieven und an einen großen Eisenhaken zu hängen, den der Pförtner oben an der Wand angebracht hatte.

Der Regen lief Fairly in Strömen übers Gesicht, sammelte sich an seiner Nasenspitze und troff von da aus zu Boden. Der Fahrradschuppen glich eigentlich weniger einem Schuppen als dem Wetterschutz auf der Kommandobrücke eines Schiffes, hinter dem man auch nur gerade eben trockener steht als davor. Fred brauchte aber nur einen Schritt in die Dunkelheit zu tun, dann war er schon durch den Torbogen des Stiftertors und kam in den Innenhof, in dem ein einziger großer Walnußbaum stand. Hier war es so windgeschützt, daß man den Sturm fast nicht mehr wahrnahm. Wie benommen, schlaftrunken, traumverloren steuerte er einen kurzen Weg diagonal über den Rasen zu seinen Zimmern in der Nordwestecke an. Ein kleinerer dunkler Fleck löste sich aus der großen dunklen Fläche unter dem Baum. Das war der Master des College, dessen Talar in der stillen Luft des Innenhofs kaum wehte.

Der Master war blind. Fairly zögerte. Man durfte wohl erwarten, daß der Master sich nach dreizehn Jahren in seinem kleinen College genau auskannte; und die Erwartung trog nicht. Wahrscheinlich war er unter dem Walnußbaum stehengeblieben, um zu prüfen, wie die Ernte ausfallen werde. Es war eine alte, spätblühende Sorte, ein Cornet du Périgord.

Der Master rief, hob dabei die Stimme aber kaum: »Den Rasen hier dürfen nur die Fellows dieses College betreten. Dürfen Sie auf dem Rasen gehen?«

»Ja, ich darf, Master.«

»Aber wer ist das?«

»Fred Fairly.«

»Fairly, hatten Sie nicht einen Unfall? Ganz kürzlich erst?«

»Ja, das ist richtig.«

»Auf dem Fahrrad oder unter dem Fahrrad?«

»Beides, glaube ich.«

»Sie waren doch hoffentlich nicht so unklug, sich ins Krankenhaus zu legen?«

»Es geht mir wieder gut, Master.«

»Bitte, fassen Sie meinen linken Arm.«

Das hatte auf besondere Weise zu geschehen, man legte ihm nur zwei Finger auf den Unterarm. Dabei übernahm der Master die Führung; langsam umrundete er den großen Walnußbaum, einmal und dann noch einmal. Er sagte ruhig: »Sie sind sehr naß, Fairly.«

»Ja, Master, tut mir leid.«

»Nun sagen Sie mir, sind Sie in der allerwichtigsten Frage zu einem Entschluß gekommen?«

»Sprechen Sie von meinem Glauben?«

»Um Himmelswillen, nein!«

Ein Rechteck aus Licht schien in einer Mauer auf, und der Senior Tutor kam heraus und nahm sich liebevoll des Masters an, der die Fürsorge nicht im mindesten brauchte.

»Senior Tutor, nur zwei Dinge. Erstens, Fairly ist aus irgendeinem Grund völlig durchnäßt. Wo wohnt er?«

»In der Nordwestecke, glaube ich.«

»Und dann noch etwas, Senior Tutor. Irgendwo auf unserem Gelände halten sich Katzenjunge auf, sie müssen noch sehr klein sein. Ich habe sie genau gehört. Wie bei allen Säugetieren klingen auch hier die ersten Laute verärgert; der bittende Ton kommt später.«

»Möglicherweise in den Küchenräumen«, sagte der Senior Tutor. »Ich werde mit dem Verwalter sprechen.«

Wie auf dem Berg Athos, so waren auch auf dem Gelände des College weibliche Lebewesen im gebärfähigen Alter nicht zugelassen; die Stare hielten sich allerdings nur mangelhaft an diese Regel. Zimmermädchen oder Putzfrauen, ganz gleich wie alt sie waren, wurden nie angestellt. Diese Regel war antiquiert. Fred ging in der eingeschlagenen Richtung weiter. Als er am Fuß seines Treppenhauses angekommen war, zog er seinen Burberry aus, hängte ihn über den altmodischen gedrehten Pfosten und klopfte ihn ein-, zweimal kräftig, um die Nässe abzuschütteln. Dann stieg er zum obersten Stock hinauf, wo er wohnte. Im Treppenhaus überholte er Beazley, den Hausmeister. Beazley war untersetzt wie alle dienstbaren Geister im College, wahrscheinlich wurden sie nach Körpergröße ausgewählt. Fred hatte eine Abmachung mit diesem Mann: vor fünf Jahren, als er zum Junior Fellow ernannt worden war, hatten sie vereinbart, daß Beazley nicht zu fragen hatte, ob er sich um das Feuer in Freds Zimmer kümmern solle – das konnte der Bewohner sehr gut selbst –, daß Fred sich nie etwas aus der Küche bestellen und daß er nicht hören wollte, die Botschaften, die Beazley ihm aus der Pförtnerloge heraufbrachte, wären eilig.

»Die sind eilig, Mr. Fairly«, sagte Beazley, als er Fred einholte, und händigte ihm drei Umschläge aus, zwei davon waren ganz sauber, einer eher nicht.

Es gab kein Gas im College; Fred zündete die Aladinlampe an, die einen kreisförmigen, ruhigen und hellen Lichtschein warf. Das Feuer war stark genug für einen Schmelzofen, was dazu führte, daß der Raum in Zonen ungemütlicher Hitze und ungemütlicher Kälte aufgeteilt war. Hier oben konnte man den Wind wieder hören, er schlug Einlaß heischend gegen die Fensterrahmen, und die Dachziegel klapperten, als seien sie kurz vor dem Davonfliegen. Das College war weder in seinen Anfängen noch sonst jemals gründlich durchgeheizt oder ausgetrocknet worden, aber Fred, der in einem Pfarrhaus aufgewachsen war, einem der zugigsten Orte auf der Welt, sah keinen Grund zu Klage. Stiefel, Socken, Sockenhalter und Mütze reihte er wie Opfergaben an den Feuergott auf dem soliden Messing-Kamingitter auf. Sie dampften, und seine langgliedrigen Füße dampften auch. Da er das Abendessen in der Halle verpaßt hatte, nahm er ein Messer und ein Stück Landbrot aus dem Schrank und machte sich selbst Toast. Das Glück seiner Ernennung zum Junior Fellow in Angels wußte er sehr zu schätzen.

Das erste Billet war vom Master. Die Zeilen gingen stark bergab, aber die Schrift war gut zu lesen. »Ich muß Sie um Entschuldigung bitten, weil ich Ihnen eben im Hof etwas sagte oder andeutete, was nicht der Wahrheit entsprach. Ich fragte Sie, wer Sie seien, aber ich wußte natürlich, wer Sie sind. Ich kenne jede Stimme im College. Ich erkenne auch die Schritte von allen, sogar auf dem Rasen – ganz besonders auf dem Rasen. Normalerweise überqueren Sie den Hof direkt von SSW nach NNO, aber heute abend haben Sie das nicht getan. Sie müssen ein Stück weit auf dem Kiesweg gegangen sein, und das verwirrte mich. Meine Bemerkung hat etwas von meinem Ärger über diese Verwirrung widergespiegelt, fürchte ich.« Der Master verschickte gern solche Billets im Interesse der Wahrheit – oder eher mit der Absicht, jede Nacht beruhigt im Wissen, nichts Unwahres gesagt oder geschrieben zu haben, zu Bett gehen zu können. Für seine Verhältnisse war dies ein sehr kurzes Billet. Und Fred hatte gelernt, mit diesen Menschen zu leben; er fand es sogar schon schwer, sich ein anderes Leben vorzustellen (so ging es ihm auch mit der Kälte in seinem Zimmer).

Das zweite Billet war von Skippey, er hatte es wohl auf dem Weg zu seinem College, dem Jesus, in der Pförtnerloge abgegeben. Fred las: »Mein guter Alter, Du hast mich eben auf der Mill Road nicht verstanden, glaube ich. Thorpe hat uns für heute abend im Club der Ungefälligen im Stich gelassen. Er sagt, er ist krank. Influenza nennt er das, wir nennen es Abspringen. Ein Glück, daß Du Dich von Deinem Unfall wieder erholt hast, wir wollen nämlich, daß Du heute abend in der Debatte für uns sprichst. Wir möchten, daß Du gegen die These argumentierst. Die These lautet, daß die Seele nicht existiert, nie existiert hat und daß auch nicht zu wünschen ist, sie existierte. Charles Reding wird die These vertreten. Der Witz ist, daß er Theologe und fromm und so weiter ist, und natürlich wird er sagen müssen, daß es außer dem Körper nichts gibt, dessen wir gewiß sein können, und daß Denken Blut ist und so weiter, und dann wirst Du, Fred, hemmungslos ungläubig wie Du bist, Dich für die Seele stark machen müssen. Im Anschluß dann Wein und Gebäck. Und, Fred –« Beazley stand immer noch herum. Fred fragte ihn: »Wünschte der Master eine Antwort auf dies Billet?«

»Er hat nicht darum gebeten, Sir.«

Ich bin eine Enttäuschung für Beazley, dachte Fred. Dampfende Socken, Toast, den ich mir selbst röste – wenn auch viel besser, als er es könnte, das wollen wir doch festhalten –, wo bleibt da der Schwung, der Glanz? Auch wenn er mit einem Blick schon sehen kann, daß er alle Hoffnung aufgeben muß, an mir nennenswert Geld zu verdienen –, er ist trotzdem noch da, und ich mag ihn, wenigstens ein bißchen unterhalten muß ich ihn wohl.

»Sieht so aus, als müßte ich nochmal raus, ich soll eine Rede halten, Beazley. Es hat geregnet, und ich fange gerade an, wieder trocken zu werden. Sehe ich unordentlich aus?«

»Ja, sehr unordentlich, Mr. Fairly.«

Beazley ging hochzufrieden weg und zog die zwölf Zentimeter dicke Eichentür hinter sich zu, die das Geräusch seiner Schritte verschluckte, als er die Wendeltreppe hinabstieg.

Fred sah auf die Uhr. Es war eine silberne Taschenuhr aus dem Besitz seines Vaters, die ihm überlassen wurde, als er seine Stelle antrat, ihm aber doch nicht ganz überlassen war, denn sein Vater lieh sie sich immer wieder aus, wenn Fred in den Ferien nach Hause kam. Er hatte eigentlich gar keine Lust, noch einmal auszugehen, er hatte selbst noch einen Brief zu schreiben, das mußte unbedingt erledigt werden; andererseits aber durfte er dem Club der Ungefälligen nicht ungefällig sein. Er hatte nämlich Skippey irgendwann einmal einen Gefallen getan, es war dabei um Geld gegangen, er hatte ihm mit einer Summe ausgeholfen, und wem man einmal geholfen hat, dem ist man immer zu Gefälligkeiten verpflichtet. Aber Freds Geist hatte sich nicht so schnell wieder aufgewärmt wie sein Körper, ihm fiel also nichts zur Verteidigung der Seele ein, und eine Ordnung der Gedanken, die er gar nicht hatte, konnte er erst recht nicht herstellen.

Das dritte Billet, das in dem weniger sauberen Umschlag gekommen war, bestand in einer Handvoll Blätter, die aus einem Notizbuch herausgerissen waren. Ein Bekannter hatte es abgefaßt. Fred wußte nicht mehr, wann er Holcombe zum erstenmal begegnet war, er wußte auch nicht, warum sie sich jetzt als Bekannte betrachteten, denn sie hatten sich zwar unterhalten, aber bei Fred war durchaus nicht das Bedürfnis entstanden, den Mann wiederzusehen. Das Billet behandelte ein Thema, das sie ein paar Tage zuvor besprochen hatten. Holcombe war dazu offenbar noch etwas eingefallen, das er loswerden wollte, er war zur Pforte gegangen, hatte festgestellt, daß Fred sich abgemeldet hatte, und daraufhin sofort angefangen zu schreiben, denn Gedanken zu unterdrücken, die ihm kamen, wäre genauso gefährlich für ihn gewesen, wie seinen Verdauungsvorgang zu unterbrechen.

»... Lange Märsche durch unser geliebtes Hochmoor, Fairly, Gespräche über intellektuelle Probleme, und nur solche, und endlich, nach sagen wir fünfzehn Meilen, der Abstieg, dann ein Whisky und ein wärmendes Feuer an einem heimeligen Herd in Cambridge! Das ist die wahre Erholung für einen Mann. Wenn man jetzt aber heiraten wollte – betrachten wir die Sache mal von dieser Seite –, dann hat die Frau ein verbrieftes Recht, sich im selben Haus, sogar im selben Zimmer aufzuhalten wie man selbst. Unter dem Gesichtspunkt der Versuchungen des Fleisches gesehen, ist das ja gut und schön und durchaus bequem, aber was, wenn sie auf einmal *reden* wollte? Deine jetzige Lebenslage ist so viel unkomplizierter. Du mußt keine Entscheidungen treffen. Wenn man fünfundzwanzig ist, werden einem die Entscheidungen abgenommen. Wenn Du in Sankt Angelicus bleibst, darfst Du nicht heiraten. Wenn Du gehst, bekommst Du vielleicht auch anderswo eine Anstellung, aber bestimmt keine als Junior Fellow, das kannst Du mir glauben. Du hast gar keine Wahl. Du hast keine Verwendung für Deine Entscheidungskraft. Deshalb mußt Du wirklich darauf achten, daß sie nicht einrostet, nicht ihre Spannung verliert; ich denke dabei an Sprungfedern, die lange nicht genutzt werden. Es kann Dir passieren, daß Du ganz vergißt, wie man überhaupt eine Wahl trifft. Und dabei ist die Aussicht auf eine Alternative doch absolut notwendig für Wollen und Tun des Menschen. Trotzdem, seien wir ehrlich, soweit ich sehen kann, hat es gar keinen Sinn, daß Du jemals die nähere Bekanntschaft einer jungen Frau suchst –«

Mehr hatte Holcombe nicht auf dem Papier unterbringen können. Wenn Fred ihn das nächste Mal traf, würde er den Faden genau an der Stelle wieder aufnehmen, an der er seinen Brief hatte abbrechen müssen, er würde weiterreden, als gäbe es keine Trennungslinie zwischen gesprochenen und geschriebenen Worten.

Aus einem geschnitzten Eichenschränkchen, das an der dem Kohleeimer gegenüberliegenden Seite des Feuers stand, aber nicht identisch mit dem Brotschränkchen war (und beim Öffnen auch einen anderen Schimmelgeruch entließ), zog Fred ein paar Bögen College-Papier. Er schüttelte seinen Füllfederhalter, um zu sehen, wieviel Tinte noch darin war, und schrieb: »Liebe Miss Saunders.«

Zweites Kapitel
Ein paar Worte zum Sankt Angelicus

Das St. Angelicus zeichnete sich durch zwei Besonderheiten aus. Eine davon teilte es mit der St. Andrew-Universität. Sie bestand darin, daß es gar nicht wirklich existierte, denn seine Gründung war von Papst Benedikt XIII. abgesegnet, einem Papst, dem nach jahrelangen heftigen Auseinandersetzungen die Papstwürde aberkannt worden war. 1394 legal zum Papst gewählt, mußte er zwei Jahre später hören, er sei abgesetzt. Nun sagt aber jedes von Gott und den Menschen gemachte Gesetz, daß niemand auf der Welt ein Recht zur Absetzung des Papstes hat. Könige und Kaiser können entthront werden, aber ein legal gewählter Papst nicht. Dazu war Benedikt Aragonier und sogar in dieser an sich schon eigensinnigen Nation noch einer der Eigensinnigsten. 1415 zog er sich in eine Burg hoch oben auf einer Felszacke vierundsechzig Meter über dem Meer zurück, die mit dem Festland von Castellon nur durch eine schmale, bei Flut vom Wasser überschwemmte Sandbank verbunden war. Hier, in Peñiscola, hielt er weiter seine Audienzen in großen Sälen, die mit Büchern und Fetzen von Tapisserien aus seiner früheren Umgebung möbliert waren. Daß er inzwischen neunzig Jahre alt war und hätte sterben müssen, kümmerte ihn wenig. Er starb nicht und weigerte sich, auch nur einen Fußbreit nachzugeben. Die Könige Europas kamen schließlich überein, ihn vergiften zu lassen – damit endlich alle Welt ein ruhiges Gewissen hätte. Benedikt hatte immer sehr enthaltsam gelebt; nur eine einzige Schwäche erlaubte er sich: Er aß gern Quittenbrot, das Nonnen auf dem Festland für ihn zubereiteten. Man hörte sich um und fand endlich einen Benediktiner, der Fachmann im Vergiften von kandierten Früchten war. Ein bestochener Kammerherr brachte diese Früchte in das Studierzimmer des Papstes. Aber der alte Mann erbrach sich so heftig, daß kein Gift in seinem Magen zurückblieb. Der Kammerherr wurde ins Gefängnis geworfen, der Benediktiner für schuldig befunden und bei lebendigem Leibe verbrannt, und der Papst starb fünf Jahre später mit Würde. Er wurde in seinem Geburtsort Ilueca begraben. Während des spanischen Erbfolgekrieges wurde sein Skelett von plündernden französischen Soldaten ausgegraben; sie schlugen den Kopf vom Körper ab und warfen ihn weg. Ein ehrlicher Arbeitsmann rettete den Schädel aus einer Müllgrube, und man bewahrte ihn fortan als Reliquie auf. Der Senior Tutor von Angels war tatsächlich nach Aragon gereist, um ihn zu sehen; Dr. Matthews, der Provost von James', ein sehr angesehener Altertumsforscher, hatte ihn begleitet. Als besondere Vergünstigung für die Gäste war ein silberner Reliquienschrein geöffnet worden, und sie hatten einen Blick auf den Schädel von St. Benedikt werfen dürfen. Beide hatten bemerkt, daß das rechte Auge immer noch zu sehen war; es hing tief innen in seiner Höhle und sah aus wie schwärzliches Gelee.

»Es hatte eindeutig einen menschlichen Blick, meine ich«, hatte der Provost gesagt. »Wie ein Aufblitzen schien es mir. Ja, als ob es etwas mitzuteilen hätte. Wenn wir das ganze Skelett hätten sehen können, dann hätte es die Hand auf dem Herzen gehabt, stelle ich mir vor.« Der Kaplan von Angels sagte später, die Spanienreise des Senior Tutor mit dem Provost sei ein Fehler gewesen, zumal da dieser in seiner Freizeit Gespenstergeschichten schreibe und vorlese und einfach ein altes Waschweib sei, sobald er mit Knochen und Kirchhöfen in Berührung komme. »Und was die beiden ausgestanden haben müssen! Man weiß ja, daß in Spanien Kartoffelstücke in den Omelettes sind. Und auf Eselsrücken reiten – welche Zumutung!«

»Ich glaube, von Zaragossa aus sind sie mit dem Bummelzug gefahren«, berichtigte ihn jemand.

»Ein spanischer Zug; das ist ja noch schlimmer«, antwortete der Kaplan.

Die zweite Besonderheit von Angels war seine Größe. Es war das kleinste College in Cambridge und hatte nie den Eindruck geweckt, daß es sich vergrößern oder in irgendeiner Richtung erweitern wolle. Anfang des fünfzehnten

Jahrhunderts war es nach einem Bauplan errichtet worden, der denkbar geringe Ähnlichkeit mit einem Mönchskloster zeigte. Auch wenn alles Miniaturmaße hatte, ähnelte es doch einer Festung, vielleicht einer Spielzeugfestung, aber immerhin einem Spielzeug von gewaltiger Solidität, dessen Mauern aus Quadern gefügt und über einen Meter dick waren. Es hatte keinen Kreuzgang, keine Krankenzimmer, kein Hospiz, war ehrlich gesagt überhaupt nicht an Gästen interessiert, ob sie nun fremd waren oder nicht; es hatte auch kein Haus für den Master; der mußte in einem Oberstock bei den Fellows unterkriechen, ein Arrangement, das ihm in alten Zeiten den Namen Master-Kraut-und-Rüben eingetragen hatte. Im Lauf der Zeit fand man sich widerwillig dazu bereit, im Dach mehr Öffnungen für Kamine brechen und Feuerstellen in den Zimmern bauen zu lassen, sogar ein Kaltwasserhahn auf jedem Stockwerk wurde genehmigt. Schlafplätze für die Studenten gab es 1415 in keinem College; St. Angelicus hatte auch 1912 noch keine. Es gab auch keine Gästehäuser für die Studenten. Sie mußten sich Privatunterkünfte verschaffen, und pünktlich um sechs Uhr verließen die letzten das College wie Vögel, die ihren Schlafplatz auf der Stange aufsuchen; ihr Geschnatter verlor sich in der Ferne, und dann waren sie bis zum nächsten Morgen vergessen. Im Innenhof gab es keinen Platz für ihre Fahrräder; sie mußten außerhalb des Großen Tores untergestellt werden. Die Insignien über dem Tor, so verwittert, daß sie kaum noch als Relief erkennbar waren, zeigten zwei schlafende Engel, die auf das Jüngste Gericht warten, den Tag, an dem sich endlich zeigen wird, daß Benedikt XIII. unbestreitbar im Recht war, den Tag, an dem alle Verfahren, die die Katholische Kirche seit 1396 angestrengt hat, sich als null und nichtig erweisen werden, da sie alle auf falscher Autorität beruhen. Das Motto: *Estoy in mis trece*, nicht übermäßig passend für eine Stätte des Lernens, ist einer der wenigen überlieferten Sätze von Benedikt XIII. Es wird übersetzt mit: »Ich bleibe bei meiner Meinung«, aber »Nichts zu machen« käme der Sache vielleicht näher. Dann hatten sich die Collegemitglieder in der Kunst geübt, auf engem Raum zu leben. Man besaß natürlich die Keller, und die lagen nicht nur unter den College-Gebäuden, sondern reichten bis unter den Boden von Butts Green. 1911 war ein gutes Jahr für Weißwein und Champagner gewesen, und Angels hatte beträchtliche Vorräte eingelagert; man erwog, noch weiter unterirdisch zu bauen und ein zusätzliches Kellergewölbe zu errichten. Aber über der Erde wohnten im College nur der Master, die Dienstboden und sechs Fellows. In anderen Colleges war es den Fellows seit dreißig Jahren schon gestattet, zu heiraten und außerhalb zu wohnen, die Statuten von St. Angelicus verboten das jedoch. Damit ersparte man sich viele Probleme und gewann viel Zeit, die sonst für Diskussionen verbraucht worden wäre; man mußte aber auch Arbeitskräfte einsparen. Die Position eines Junior Fellow, die Fred bekommen hatte, bedeutete, daß er zugleich Hilfsorganist, Hilfsbibliothekar, stellvertretender Verwalter und stellvertretender Hilfsschatzmeister sein mußte. Die Bezeichnungen Hilfs-, stellvertretender und so weiter besagten nicht notwendigerweise, daß ihm jemand bei den betreffenden Arbeiten übergeordnet war, sie bedeuteten nur, daß er sie ohne Bezahlung erledigen mußte.

Drittes Kapitel
Wie Fred zu seiner Stelle kam

Fred hatte das Examen in den Naturwissenschaften bestanden, und bei dem anschließenden geselligen Beisammensein zu Ehren aller Kandidaten mit sehr guten Examensnoten hatte sich Professor Flowerdew mit ihm unterhalten. Musikalische Darbietungen und Erfrischungen im Freien waren geplant, konnten aber wegen eines plötzlichen Regengusses nicht genossen werden, was in Cambridge gang und gäbe ist, wo man an den geringen Jahresdurchschnitt der Niederschläge glaubt und immer wieder Risiken eingeht. Alle Gäste hatten sich ins Cavendish geflüchtet; Professor Flowerdew, der Parties wenig schätzte (und den Namen geselliges Beisammensein schon gar nicht), war die ganze Zeit schon dortgewesen. Er kam gerade aus dem Physiklabor und lud Fred mit einer melancholischen Seitwärtsneigung des Kopfes ein, ihm in sein Arbeitszimmer im Oberstock zu folgen. Dieses Zimmer war (wie eigentlich alle Räume des Hauses) dunkel und über einen winzigen Korridor zu erreichen. Die Wände waren mit Photographien bedeckt, und Photographien waren an die Schreibtische geheftet. Fred zog prüfend Luft durch die Nase. Irgendwann selbst ein Zimmer im Cavendish zu haben, war sein Ehrgeiz.

Flowerdew setzte sich an seinen Schreibtisch; der Hocker am Mikroskop war frei. »Was wissen Sie von mir?« fragte er Fred.

»Ich habe gerade mein erstes Examen gemacht«, antwortete Fred. »Ehrlich gesagt, weiß ich gar nichts.«

»Nun, aber ich weiß etwas von Ihnen. Einiges. Ich weiß, daß Sie gescheit sind. Ich weiß, daß Sie aus einem Pfarrhaus kommen. Man sagt ja, daß wir uns im Cavendish mit einer Ausrüstung behelfen müssen, die aus Pappe und Bindfäden zusammengebastelt ist. Aber wenn Sie aus einem Pfarrhaus kommen, sind Sie wohl Kargheit gewohnt.«

»Es ist wunderbar, daß Sie überhaupt meinen Namen kennen«, meinte Fred.

»Und was haben Sie jetzt vor?«

»Ich habe daran gedacht, Professor Wilson zu fragen, ob ich bei ihm arbeiten kann. Ich meine, ob er mich beschäftigen kann. Ich könnte vielleicht bei den photographischen

Platten zu Hand gehen. Er war mein Tutor im physikalischen Praktikum für Fortgeschrittene.«

»C. T. R. Wilson. Ein sehr guter, sehr geduldiger Schotte. Konnten Sie lesen, was er an die Tafel schrieb?«

»Normalerweise nicht. Was er mit der einen Hand schrieb, löschte er immer mit der anderen sofort wieder aus. Aber wenn ich eine Chance hätte, mich mit seinen Methoden vertraut zu machen –«

»Sie möchten ihm beim Bau seiner dritten Nebelkammer helfen. Sie möchten die Spuren photographieren, die ionisierende Teilchen angeblich machen.«

Fred wurde rot. »Wir leben hier in Cambridge in wunderbaren Jahren.«

»Sie fühlen sich zur Atomforschung hingezogen?«

»Ich habe gesehen, wie Ernest Rutherford das Cavendish betrat«, rief Fred. »Ich habe seine Vorlesungen gehört. Es hängt alles zusammen. Wenn es funktioniert, muß es wahr sein.«

»Nun ja«, sagte Professor Flowerdew, »eine Zeitlang wird wohl alles mit allem zusammenhängen, sechzig, siebzig Jahre schätze ich. Der Glaube, daß die Natur oder ein unsichtbarer Gott die Welt geschaffen hat und mit allem einen bestimmten Zweck verfolgt, der Glaube hat sehr viel länger vorgehalten und auch ganz ordentlich funktioniert. Aber trotzdem haben wir ihn völlig aufgegeben, weil es keinen Beweis für die Existenz Gottes oder der Natur gibt.«

»Nicht den mindesten«, sagte Fred. »Das muß dem Glauben überlassen bleiben. Schlüsse ziehen kann man schließlich nur aus dem, was man wahrnehmen kann.«

»Genau«, sagte Professor Flowerdew. »Aber Atome kann man nicht wahrnehmen.« Er zeigte auf eine Photographie an der Wand.

»Wer ist das?« fragte er.

Fred war in Verlegenheit und betrachtete die bärtigen,

rätselhaften Gesichter ratlos; eines war mit roter Tinte umkreist. Fremde Männer in Frack und Zylinder, aufgereiht vor einem Gebäude, das er nicht erkannte.

»Das ist Ernst Mach; die Photographie entstand in Wien bei seiner Emeritierung als Lehrstuhlinhaber für Physik. Früher korrespondierte ich mit ihm, jetzt ist unsere Korrespondenz zum Erliegen gekommen. Aus seinen Vorlesungen und seiner *Mechanik* habe ich gelernt, daß es immer aberwitzig ist, etwas nicht Wahrnehmbares zur Grundlage wissenschaftlicher Forschung zu machen. Vergessen Sie nicht, daß Mach ein hochgeachteter Physiker ist. Unter anderem hat er das Verhältnis zwischen der Geschwindigkeit von Körpern und der Schallgeschwindigkeit des sie umgebenden Mediums bestimmt. Aber Mach warnte die Welt davor, sich auf das Atom einzulassen. Atome sind keine Realität, sondern nur provisorische Vorstellungen, wie können wir also sagen, sie nähmen Raum ein? Wir sollten mißtrauisch werden, wenn wir merken, daß man Atomen Qualitäten zuspricht, die in absolutem Widerspruch zu allen Eigenschaften stehen, die man in beliebigen anderen Körpern beobachtet hat. Wissenschaftliches Denken besitzt Kontinuität, das wissen Sie. Diese Kontinuität wird jetzt aus dem Fenster geworfen. Wir können nur hoffen, daß wir uns erinnern, wohin sie gefallen ist, wenn wir auf die Dauer erkennen müssen, daß wir ohne sie nicht auskommen.«

Er sah Fred mitleidig an. »Sie haben Hunger. Aber es ist sinnlos, jetzt hinunter zu gehen, die Naturwissenschaftliche Fakultät wird alles aufgegessen haben. Die organischen Chemiker haben die Sandwiches abgeräumt. Ich möchte Ihnen auseinandersetzen, was in den kommenden Jahrhunderten mit der Atomphysik geschehen wird.

Es wird viele offenkundige Ergebnisse geben, nützliche, auch spektakuläre werden darunter sein, aber aller Wahrscheinlichkeit nach auch sehr unangenehme. Weil aber die gesamte Grundlage der gegenwärtigen Forschung unsolide ist, werden immer mehr Risse im Mauerwerk auftreten. Die Physiker werden anfangen, Atommodelle zu bauen, es gibt jetzt schon ein paar sehr hübsche im Cavendish. Dann werden sie merken, daß die Modelle nicht funktionieren, das könnten sie nämlich nur, wenn es wirklich Atome gäbe; also werden sie die Modelle durch mathematische Terme ersetzen, die man dehnen kann, bis sie passen. In der Folge werden sie dann merken, daß sie das, womit sie sich befassen, nicht messen können, weil es ja nicht wahrnehmbar ist; wir werden also hören, daß man nur sagen kann, die Lage des Körpers im Raum sei wahrscheinlich diese und seine Energie wahrscheinlich jene. Energie wird jenseits des Fassungsvermögens der Physiker sein, also werden sie gezwungenermaßen bei der Theorie landen, daß Energie mehr oder weniger zufällig kommt und geht. Damit werden ihre Theorien aber am Rande des Zusammenbruchs stehen, und nun werden sie immer neue brillante Ideen aus der Tasche ziehen müssen, um die Risse im Mauerwerk zu verkleistern und häßliche Ecken auszufüllen. Elementarteilchen wird es geben, die so befremdlich sind, daß sie außer komischen Namen nichts haben, und von Antimaterie wird man reden, die es geben müßte; aber es gibt sie nicht. Gegen Ende des Jahrhunderts werden sie zugeben müssen, daß die Gesetze, die angeblich entdeckt worden sind, sich allem Anschein nach zutiefst unordentlich verhalten. Was ist ein unordentliches Gesetz, Fred?«

»Klingt wie Chaos«, sagte Fred.

»Das Chaos wird nur in ihrem Kopf herrschen. Wahrnehmen können wird man es wieder nicht.«

»Was sollte man Ihrer Meinung nach nun tun?«

»Zugeben, daß die eingeschlagene Richtung falsch war, und sich wieder auf das besinnen, was für die Sinne erkennbar ist. Naturwissenschaftler sind nicht besser als Klatschbasen, wenn sie sich nicht auf wirkliche Evidenz verlassen.«

Professor Flowerdew hatte Glück gehabt, so sagte er. Die Universität hatte sich während der letzten zehn Jahre erstaunlich großzügig gezeigt und, in ihren eigenen Worten, durch »Erlaß bis auf Widerruf« Stellen, sogar Professorenstellen geschaffen, die nur solange bestehen bleiben sollten, wie man sie für notwendig hielt. Zum Beispiel waren Reisestipendien verfügbar »zur Förderung von Untersuchungen über andere Länder«; sie wurden finanziert vom Sonderausschuß für Militärische Studien – in anderen Worten, Stipendien für Spione. In gewisser Weise als Gegengewicht dazu gab es auch Stellen, die überhaupt keinen offenkundigen Nutzen hatten. Herbert Flowerdew hatte man eine zeitlich begrenzte Professur für Experimentalphysik im Bereich des Wahrnehmbaren angeboten.

Fred zuckte bei dem Wort »Glück gehabt« zusammen. Er fand, daß Glück und Zufall in den Naturwissenschaften nichts zu suchen hatten, und im Cavendish schon gar nicht.

»Cavendish wird allmählich überfüllt«, sagte Flowerdew. »Es geht hier zu wie in einem Ameisenhaufen. Ich habe mir ein eigenes kleines Labor in der Abteilung für mechanistische Philosophie verschafft.« Seine Experimente beschäftigten sich mit den Prinzipien von Equivalenz und Reziprozität. Ganz und gar abtun konnte man ihn also nicht.

Nun brachen sich Freds Verwirrung und Kummer Bahn; er fragte, ob die Arbeiten von Wilson, von Rutherford, Planck oder Niels Bohr, dessen fast unhörbare Vorlesungen Fred im selben Jahr gehört hatte, ihn denn gar nicht interessierten.

»Im Gegenteil. Ich verfolge mit großem Interesse alles, was sie in englischen und deutschen Zeitschriften veröffentlichen. Ich finde ihre Resultate eindrucksvoll, und ich bewundere ihre große Begabung. Wenn ich aber über ihre Zukunft nachdenke, höre ich die Traurigkeit von alten Männern und Gottverlassenen.«

Flowerdew brauchte einen Assistenten, der Physikkurse geben und ihm ganz allgemein die Arbeit mit den Studenten abnehmen sollte; dafür wollte er £ 100 im Jahr aus eigener Tasche zahlen; außerdem konnte Flowerdew diesem Assistenten eine Position als Junior Fellow in St. Angelicus garantieren. Dort war ein Platz frei geworden, nicht durch Tod, sondern weil ein Dozent für die Lehre von Zündstoffen überraschend nach Deutschland berufen worden war. Während Flowerdew dies auseinandersetzte, machte er deutlich, daß der Junior Fellow Verpflichtungen habe: Er müsse in der Bibliothek, bei der Verwaltung der Vorräte und der Finanzverwaltung aushelfen, außerdem als Hilfsorganist fungieren und darauf achten, daß die Instrumentensammlung aus dem fünfzehnten Jahrhundert in Ordnung und möglichst alle Instrumente gestimmt waren. An dieser Stelle sträubte sich Fred.

»Das kann ich nicht. Zu Hause konnte ich zur Not die Kirchenlieder begleiten. Ich habe noch nie ein Instrument aus dem fünfzehnten Jahrhundert aus der Nähe gesehen.«

»Vergessen wir die Instrumente für den Augenblick. Sie müssen sich nicht sofort entscheiden. Überlegen Sie sich das Angebot.«

Mit »Sie müssen sich nicht sofort entscheiden« hatte Flowerdew sagen wollen: »Sagen Sie nicht sofort zu, bloß weil Sie Stipendiat aus einem Pfarrhaus sind, der nichts zum Leben hat.« Das beeindruckte Fred, und auch andere Dinge, die der Professor nicht tat. Er verhielt sich nicht wie die Berühmtheiten von Cambridge: Er hielt nicht wie ein Fürst Ausschau nach einem würdigen Nachfolger; er verlangte nicht, daß Fred seine Überzeugung von der mangelnden Solidität der Atomphysik teilte. Daß er ein einsamer Mensch war, konnte man sehen; aber er beklagte sich nicht über die Einsamkeit. Und dann spürte man in seinem ganzen Verhalten ein Fehlen, nicht von Selbstvertrauen, aber von Selbstsicherheit, und das gefiel Fred. Er war selbst nicht eitel, und nur die Bescheidenen wissen Bescheidenheit zu schätzen. Ihn beeindruckte auch, daß Flowerdew allein gegen viele standhielt, nicht weil er zu wenig wußte, sondern weil er zu viel verstand. Obwohl »standhielt« nicht das richtige Wort war. Widerstand war seine Sache wahrscheinlich ebensowenig wie die von Freds Vater, wenn er in der Pfarrei aus dem Fenster starrte.

Fred fuhr nach Haus, ohne Flowerdew noch einmal aufzusuchen. Im Pfarrhaus fragten ihn die Nachbarn (die man zur Feier von Freds sehr gutem Examen eingeladen hatte), was er als nächstes tun wolle, und der Bezirksdekan wollte wissen, ob er sie alle in die Luft sprengen wolle. Dann brach Fred mit zwei Freunden zu einer Wanderung in Österreich auf. Zum erstenmal in seinem Leben hatte er das Gefühl, niemandem verpflichtet zu sein. Sie reisten ins Salzkammergut. Im Hotel Bruckmann erschienen die beiden Hausmädchen und die Tochter des Eigentümers eines Abends im Kerzenlicht in der Tür zu dem Dreibettzimmer für Handlungsreisende, das die drei Engländer aus Gründen der Sparsamkeit genommen hatten. Nur Fred schlief noch nicht. Er kam sich vor wie in einem Volksmärchen. Er weckte seine beiden Freunde und ging mit der Tochter des Hauses, die die Schlüssel hatte, in den Speisesaal hinunter, wo sie zwei Flaschen Wein nahmen. Mehr zu nehmen wagten sie nicht. Als sie wieder oben im Zimmer ankamen, saßen die andern alle steif auf der Bettkante, nicht ausgezogen, stumm, als warteten sie auf die Erlaubnis anzufangen. Fred konnte sich kaum das Lachen verbeißen, dann lachten alle. Der Wein war Grüner Veltliner; er schmeckte stark nach Pfeffer. Sie bliesen die Kerzen aus und öffneten die Fensterläden, damit die Sterne hereinscheinen konnten. Das Zimmer roch nach den qualmenden Dochten, dem Wein, nach gesunden jungen Frauen und nach Wäschestärke, weil die Mädchen gerade vom Bügeln kamen.

Am nächsten Morgen zogen sie weiter, auf die Bergweiden; sie kamen an den ersten Felshängen vorbei, die Zeit der wilden Himbeeren war schon fast vorüber, sie wanderten durch eiskalte Schatten auf die sonnigen höhergelegenen Hänge bis fast zum Gletscherrand. Dann rasteten sie, und der ältere von Freds Freunden, ein Chemiker, eröffnete ihnen, er gehe wieder zum Hotel Bruckmann zurück, weil er sich in eines der Zimmermädchen verliebt habe. Sie hatten ihr Gepäck bei sich. Er nahm seines, packte seinen Wanderstab und ging den Pfad bergab, die Steine sprangen unter seinen Stiefeln weg. Der andere Freund sagte, er wolle alles versuchen, um nach Manchester zu kommen, weil er hoffe, bei Rutherford studieren zu können. Fred müsse unbedingt mitkommen, alles Wichtige geschehe jetzt in Manchester.

»Nein, ich gehe wieder nach Cambridge. Herbert Flowerdew hat mir eine Assistentenstelle angeboten.«

Da brach der Freund in Tränen aus. Er hatte viel zu viel und viel zu lange gearbeitet. Nun glaubte er, Fred sei für die richtige Physik verloren. »Davon hast du nie ein Wort gesagt.«

»Ich habe mich gerade erst entschlossen, die Stelle anzunehmen.«

»Komm mit nach Manchester.«

»Ich habe mich entschlossen anzunehmen.«

Viertes Kapitel
Dinner in St. Angelicus

Als James I. empfahl, man solle im King's College beten, im Trinity dinieren und im Jesus studieren, fügte er (mindestens bei einer Gelegenheit) noch hinzu, schlafen solle man in der Ruhe von Angels. Damit sollte nichts gegen das Essen in St. Angelicus gesagt sein – ganz im Gegenteil –, das Problem war nur, daß dort an der Tafel kaum Platz für den König plus Gefolge und Leibwächter gewesen wäre. Mit knapp bemessenem Platz zurechtzukommen, war damals wie heute eine Frage der Übung. In anderen Colleges servierte man den Sherry im *Combination Room*, dem Dozentenzimmer, das Essen im Speisesaal und Cognac wieder in einem anderen besonderen Raum. Im Angels gab es nur den Speisesaal. Gaslampen hatte man nie in Erwägung gezogen, geschweige denn installiert. Die Kerzen brannten in antiken Leuchtern; sie steckten fest und ganz gerade in gedrehten Silberringen – was kaum nötig war, da Angels das einzige von allen Colleges in Cambridge war, in dessen Speisesaal es nicht ständig zog. Das Collegesilber, das sich in vierhundert Jahren allmählich angesammelt hatte, war in der Hauptsache spanischer Herkunft, aufgekauft aus bescheidenen Kirchenschätzen. Wahrscheinlich waren nicht alle Stücke als Eßbestecke gemacht. Es gehörten auch silberne Gegenstände dazu, deren Verwendungszweck unbekannt war, zum Beispiel ein Satz Instrumente, die aussahen wie Zangen zum Zähneziehen, und ein anderes Gerät war vielleicht ein Pferdekamm. Niemand wußte, was man in der *iglesia mayor* von Morella damit angefangen hatte. Trotzdem glänzten diese Objekte jeden Abend auf dem Tisch und wurden danach wieder in Schubladen in der Silberkammer verstaut. Die Atmosphäre beim Essen war liebenswürdig unkompliziert. Alle saßen dicht beieinander rund um den

Tisch (nicht die High Table – es gab nur den einen Tisch) und sahen aus wie freundliche Verschwörer. Sie tranken Manzanilla, eigens aus Sanlúcar importiert, bis der Butler kam und den Master avisierte: »Der Master ist auf dem Weg«. Alle erhoben sich. Da der Stuhl für ihn immer in genau festgelegtem Abstand vom Tisch abgerückt war, brauchte der Master keine Hilfe, und man bot ihm auch keine an. Der Kaplan sprach ein Tischgebet, das Benedikt XIII. selbst auch im Klosteralltag benutzt hatte, dann folgten die drohenden spanischen Worte: *El Juicio Final descubrirá las secredas de la Historia.* Alle Stühle schurrten wieder über den Boden, wer seine Serviette verloren hatte, verschwand kurz unter den Tisch und las sie wieder auf. Die Manzanilla wurde während des Suppenganges weitergetrunken; Sekt gab es nur zum Fischgang. Dann ging man im Angels zum Claret über. Als Dessert reichte man Gästen immer kandierte Früchte von der Sorte, an der sich der Stifter beinahe vergiftet hatte.

Man konnte immer nur einen Gast einladen, und es wurde streng darauf geachtet, daß jeder gleich oft jemanden mitbringen durfte. Dr. Matthews, der Provost von James', kam ziemlich häufig, weil ihn etliche Fellows gern einluden. Er war Mediävist und Paläograph und schrieb zur Entspannung Schauergeschichten. Wenn er gerade wieder eine fertig hatte, brachte er sie in einem Umschlag mit und las sie nach dem Essen vor. Er wollte nicht darum gebeten werden. Aber man konnte durch einen Blick auf seine Manteltasche feststellen, ob er einen Umschlag bei sich trug. Sein Gastgeber für den Abend zog also den Butler unauffällig beiseite: »Foley, ich wüßte gern, ob Dr. Matthews einen großen Umschlag bei sich hatte.« Foley wußte genau Bescheid: »Nein, Sir, diesmal nicht.« Dann wurde also keine Geschichte zu Gehör gebracht, aber vielleicht Musik. In manchen Colleges wurde den ganzen Abend lang geredet und geredet – im

King's zum Beispiel, aber King's war auch voller Philosophen und Historiker, die sich nicht entspannen und erholen mußten. Sie taten ja nie etwas anderes. Die Fellows von Angels aber waren alle Naturwissenschaftler oder Mathematiker; das schrieben die Statuten vor.

Freds unglücklichste Augenblicke im College hingen mit den Instrumenten zusammen, mit der Kithara, der Viole, der Zinke, und wie sie alle hießen; er konnte nicht glauben, daß ihre Laute je zum Zusammenklang gedacht waren – und wenn sie noch so sauber gestimmt wären. Nur weil er wußte, daß der blinde Master sie so gern hörte, entlockte er den alten Instrumenten immer wieder Töne. Wohler fühlte er sich am Orgelpositiv mit seinen zweiundzwanzig langen und dreizehn kurzen Tasten; es stand in einer dunklen Ecke der kleinen Kapelle. Nun waren aber die Blasebälge in schlechtem Zustand, und man konnte die Orgelpfeifen nicht mit Luft versorgen. Aber Dr. Matthews war ohnehin nicht musikbegeistert. Genau gesagt, er war vollkommen unmusikalisch, konnte nicht zwei Töne voneinander unterscheiden, und lieber als die Ohren nutzte er die Augen zum Studium der Vergangenheit, indem er alte Manuskripte und antike Inschriften entzifferte. Er witzelte ständig mit dem Master über das seltsam hohe, schmale Tor in der Südwestmauer, das so alt war wie das College: »Der einzige Eingang, Master, abgesehen von Ihrem Hauptportal, – und ganz unerklärlich, weil die Erbauer alles Interesse daran gehabt müssen, Besucher draußen zu halten.« Der Eingang hatte keine Inschrift, und in den College-Akten fanden sich keine Einträge und keine Handwerkerrechnungen für den Bau dieses Tores. Andererseits aber vermerkten die Jahrbücher, daß es zweimal offen gestanden hatte, zum erstenmal am 21. Mai 1423, in der Nacht, als Papst Benedikt starb, und dann wieder 1869, als das erste Frauencollege genehmigt wurde – natürlich war es noch nicht offiziell Teil der

Universität. »Beide Male geben die Jahrbücher weder einen Hinweis darauf, wer das Tor geöffnet, noch wer es wieder geschlossen hat.«

»Niemand, auch der Master nicht, hat Befugnis, das eine oder das andere zu tun«, sagte der Schatzmeister.

»Aber wenn doch jemand aufgeschlossen hätte – oder erst recht, wenn niemand aus dem College es geöffnet hätte, und es stünde trotzdem offen, wer oder was könnte dann hereinkommen, was meinen Sie?«

»Ich ziehe vor, nicht darüber nachzudenken«, sagte der Master.

Dr. Matthews wandte sich einem anderen Thema zu, den Manuskripten in der Bibliothek vom Angels. Vor einiger Zeit habe er dort ein mittelalterliches Stundenbuch mit phantastischen Illustrationen von Jean Pucelle angesehen. In allen Zwischenräumen zwischen den Zeilen einer Seite schlängelten sich lange dünne Schwänze, Ratten-, Monster-, Teufelsschwänze. Die Teufelsschwänze seien oft in einer Schlinge um den Hals unglückseliger Männer gelegt. »So, daß man sich vorstellen kann, wie die Schwänze sich im nächsten Augenblick um das Genick zusammenziehen und das Opfer fortzerren werden«, führte Dr. Matthews aus und lächelte gewinnend dabei. Er wies darauf hin, daß diese Opfer meist Alchemisten oder ketzerische Mathematiker waren, und daß im vierzehnten und fünfzehnten Jahrhundert seine freundlichen Gastgeber, so wie sie jetzt rund um den Tisch säßen, wohl allesamt zur Hölle gefahren wären.

Die Fellows vom St. Angelicus hörten Dr. Matthews amüsiert zu. Er war ein großer Gelehrter, aber sein Lebenswerk kam ihnen abgestanden und muffig vor. Dr. Matthews amüsierte sich seinerseits über die Angels-Fellows. Die Naturwissenschaft brachte sie nicht voran, sondern merklich zurück, meinte er.

Fünftes Kapitel
Im Pfarrhaus

Nach einem Jahr als Junior Fellow fand Fred es nur recht und billig, seinem Vater zu eröffnen, daß er kein Christ mehr sei, ihm diesen Sinneswandel aber so schonend wie möglich beizubringen. So etwas gehörte eher ins Jahr 1857 als 1907. Familiengeschichten klangen ihm im Ohr wie ferner Widerhall aus den Tagen der Heroen, als noch Riesen gegeneinander antraten. Zwei seiner Onkel waren über Strauß' *Leben Jesu* so hitzig in Streit geraten, daß sie sich prügelten, wobei der eine mit dem Kopf gegen die Kante des Kamingitters geprallt war und sich den Schädel eingeschlagen hatte. Der andere, Onkel Philip, hieß seitdem überall – außer in der Familie natürlich – nur noch der Mörder Fairly. In der Familie seiner Mutter gab es Verwandte, die jahrelang nicht mehr miteinander redeten; zu dieser Familie gehörten Frauen, die in ihrer Jugend Heiratsversprechen zurückgenommen hatten, weil die Verlobten dem christlichen Glauben nicht mehr anhingen, Frauen, die seither nur noch blasse, blutleere Schatten ihrer selbst waren und ein freudloses Dasein hinter kirchlichen Missionsgesellschaftsschreibmaschinen oder Ladentischen in Wohltätigkeitsbasaren fristeten. Freds Herz schlug für die Vergangenheit wie für die Gegenwart, also hatte er das Gefühl, er dürfe im neuen Jahrhundert nicht leichtherzig abtun, was andere sich so viel hatten kosten lassen. Er fühlte sich verpflichtet, nach Hause zu fahren und seinem Vater, so wie Söhne einst, eine Erklärung zu geben, vernünftige Gründe zu liefern, auch wenn die Vernunft auf diesem Gebiet machtlos ist – was nicht allzu sehr für sie spricht. Das gebot schon die Höflichkeit. Aber es war zu erwarten, daß die Eröffnung seinen Vater tief verstören würde. Die geeignete Tageszeit für diese Auseinandersetzung, die so lang dauern mußte, daß sie nicht nur Schmerz bereitete, sondern vielleicht anschließend auch wieder ein wenig linderte, war die Stunde zwischen fünf und sechs Uhr; dann saß der Vater immer geduldig im Studierzimmer und hielt sich bereit, den Schäfchen seiner Gemeinde Trost und Beistand zu spenden, die sich allerdings kaum an den dafür vorgesehenen Termin hielten, sondern immer andere Zeiten für ihren Besuch aussuchten. Die Fenster des Studierzimmers lagen an der Vorderseite des Hauses mit Blick auf den Rasen; im Sommer hatten Fred und seine beiden Schwestern diesen Rasen zwischen fünf und sechs Uhr nachmittags nicht betreten dürfen, um die pastorale Sprechstunde nicht zu stören. Natürlich überquerten sie den Rasen trotz des Verbotes: Sie robbten nach Indianerart flach auf dem Bauch, dicht über dem Boden, rochen den bitteren Duft, der von den Wurzeln der Lorbeerhecke kam, wo die Katze die Überreste ihrer Mäuse versteckt hielt. Wenn Fred beim Robben den Kopf hob und über die leicht abfallende Rasenfläche nach oben schaute, konnte er sehen, wie sein Vater am Schreibtisch saß, träumend in den Spätnachmittag hinausblickte, die Augen weit offen, entschlossen gegen die Schläfrigkeit ankämpfend, den Kopf leicht zur Seite geneigt, als wolle er seine Bereitwilligkeit zum Zuhören demonstrieren.

Am besten war es wohl, wenn er gleich und unumwunden sagte, daß er mit Beginn des Sommers zum Ungläubigen geworden war, daß dieser Unglaube aber nur bedingt sei. Er sehe keinen akzeptablen evidenten Beweis dafür, daß die christliche Religion wahr sei, halte es aber nicht für ausgeschlossen, daß ihm irgendwann einmal doch ein zureichender Grund für den Glauben begegnen werde. ›Und in dem Fall würdest du dem Christentum noch eine Chance geben‹, sagte sein Vater dann vermutlich. – ›Das finde ich sehr anständig, Freddy. Aber was könnte in deinen Augen eine zureichende Antwort sein?‹ – ›Vielleicht sagen wir mal so,

Vater: Ich möchte wissen, wie die Dinge wirklich sind. Ich kann sie nicht einfach unbesehen auf Treu und Glauben hinnehmen, dann wäre die Ausbildung, die du mir gegeben hast, samt dem Denkvermögen, das ich mitbekommen habe, umsonst gewesen. – Also‹ – dieses Also hatte irgendwie nicht den rechten Ton, fand Fred, aber sei's drum – ›evidente Beweise gewinnen wir nur durch unser eigenes Wahrnehmungsvermögen und das anderer Leute, die vor uns da waren und ihre Erfahrungen schriftlich für uns festgehalten haben.‹ – ›Wie die Evangelisten‹, sagte sein Vater dann wahrscheinlich, ›auch wenn sie nur im Auftrag handelten. Meinst du, sie hätten ihre Zeit vergeudet? Und deine auch natürlich.‹ – Fred konnte machen, was er wollte, er hob immer die Stimme, wenn er mit seinem Vater redete, obwohl der keineswegs schwerhörig war, und sein Vater sprach daraufhin prompt mit noch leiserer Stimme als gewöhnlich. – ›Aber Vater‹, wollte er dann fortfahren. ›Halte dich nur an die Erfahrung, dann siehst du die Ähnlichkeiten zwischen Dingen und die Kontinuität zwischen zwei Ideen, und ganz allmählich, über viele Generationen hin, werden wir für alles Erklärungen finden. Sobald etwas vollständig beschrieben ist, ist es erklärt – so ist es zum Beispiel mit der Anatomie des menschlichen Körpers gegangen. Dazu ist nun nichts mehr zu sagen, man kann sie beschreiben, deshalb hat sie kein Geheimnis mehr, sie ist ganz alltäglich. Und es wird die Zeit kommen, da wir alles, was einst außergewöhnlich schien, als ganz gewöhnlich erkennen.‹ – ›Wäre dir das lieb?‹ fragte sein Vater dann bestimmt zweifelnd. ›Wirklich, Freddy?‹

Fred stellte sich diese Szene lebhaft vor, und er sah sich im Studierzimmer auf und ab gehen, während sein Vater ruhig dasaß und das grüne Brillenetui in der Hand hielt; das Auf- und-Abgehen mochte aber den Eindruck erwecken, er sei seiner Sache nicht recht sicher, also versuchte er es mit einer anderen Vorstellung: Er sah sich auf einem der nicht allzu bequemen Stühle sitzen. Sein Vater würde nun sehr wahrscheinlich auf die Frage zurückkommen, die noch unbeantwortet geblieben war. – ›Du hast mir noch nicht verraten, was für dich ein zureichender Grund wäre, zu glauben, daß Christus von den Toten auferstanden ist, Freddy.‹ – An dieser Stelle der gedachten Unterhaltung nun stellte sich Fred vor, er versuche, an der Stimme seines Vaters zu erkennen, wie sehr er ihn verletzt habe. In der Szene mußte nun das Klopfen an der Tür und der Auftritt seiner Mutter erfolgen; sie konnte niemanden länger als zwanzig Minuten allein im Studierzimmer lassen, ohne zu fragen, ob eine kleine Erfrischung genehm wäre, Barleywasser vielleicht. Das Barleywasser stand immer auf dem Schieferfensterbrett in der Speisekammer; es wurde in einem Krug aufbewahrt und zugedeckt mit einem Musselintuch, das mit blauen, an den Zipfeln angenähten Perlen beschwert war.

Als er sich die Unterhaltung bis zu diesem Punkt ausgedacht hatte, sah er, daß er ganz anders anfangen müsse. Es wäre absurd, wenn er den Eindruck erweckte, er wolle seinen Vater belehren. In Wirklichkeit wollte er nur erklären, wie der kleine Junge, der nach Indianerart über den Rasen robbte, der zuverlässige Sonntags-Chorknabe, der aus vollem Herzen gesungen hatte:

Mein Leben lenke du, daß ich vor meinem Grab
so wenig Angst wie vor dem Schlaf zur Nachtzeit hab',

Schritt für Schritt zu dem Fred von heute geworden war, dem jungen Mann mit klarem Kopf, dessen Verstand immer aufs neue (denn das war ständig nötig) von allen Vorstellungen freigeräumt wurde, die nicht mit Hilfe physischer Erfahrung überprüfbar waren. Illusionen waren ihm nicht geblieben. Die Luft war rein. Aber das war schrittweise geschehen, und Fred mußte, auch wenn ihm das Reden über sich selbst nicht lag, bei dieser Gelegenheit doch auch schrittweise Rechenschaft darüber ablegen. Er mußte seinem Vater Schritt für Schritt erklären, wie er die unsichtbaren tröstlichen Stimmen, die in der Kinderzeit immer zu ihm gesprochen hatten: ›Gib mir die Hand‹, zum Schweigen gebracht hatte. Was aber vollständig beschrieben ist, das ist vollständig erklärt, sagte er sich immer wieder vor.

Er stand früh auf, fuhr mit dem Rad zum Bahnhof, ließ es dort stehen und nahm den Zug nach Blow Halt; in Bishop's Leaze stieg er um. Überall im Dorf waren die Vorgärten voll von üppigblühenden Blumen, frühe Phlox und Wicken dufteten um die Wette, die ersten roten und weißen Rosen waren da, Ringelblumen, Tausendgüldenkraut, das hier als Gartenblume wuchs, feuerroter Klatschmohn und Kornblumen, Päonien, Bartnelken, Weinraute, Gartennelken, Lupinen. Hier war die Natur so natürlich, wie sie nur sein konnte. Die meisten Häusler wußten, wo sie um Stallmist bitten konnten; der Postbote und der Polizist, die man Abend für Abend hemdsärmelig im Garten arbeiten sah, hatten besondere Abreden getroffen, um sich Dünger zu sichern; in allen Haushalten wurden die Teeblätter dreimal während des Tages auf die Erde gekippt und während der Nacht der Inhalt des Plumpsklosetts ausgeleert. In Blow konnte man nirgends Gemüse kaufen, es wäre auch niemandem eingefallen, Feldfrüchte käuflich zu erwerben. Im Bahnhofsgarten baute man Rosen und Bohnen an und dicke Kürbisse, die gestreift wie Kater waren. Das Unkraut konnte nicht üppiger gedeihen als die Kulturpflanzen.

In Blow Halt war er jetzt Mister Fred und früher Master Freddy; aber wann die Veränderung stattgefunden hatte, wußte er wieder nicht zu sagen. Da kam übrigens Ellsworthy, der Stationsvorsteher, inzwischen Old Ellsworthy.

»Wir haben fünf Minuten lang außerhalb von Bishop's

Leaze gestanden«, sagte Fred, »wissen Sie, aus welchem Grund?«

»Weiß ich nicht«, sagte Ellsworthy. »Müßte ich fragen.«

»Könnten Sie nicht eine Station auf der Strecke anrufen?«

»Ich *könnte* schon.«

Ellsworthy ging mit ihm zur Schranke, wobei ihnen der sehr junge Gepäckträger mit den Augen folgte, der die Milchkannen in Reih und Glied aufstellte. Etwas Milch wurde dabei immer auf dem Bahnsteig verschüttet, so daß er schwach säuerlich nach Kälberstall roch – ein Geruch, der im Augenblick vom Duft der Wicken und Mädesüß überdeckt wurde.

»Wie geht's denn so im Pfarrhaus, Ellsworthy?«

»Warum fragen Sie mich das, Mister Fred?« Das wußte Fred nicht, er hatte es nicht böse gemeint. Sehr gut wußte Fred jedoch, daß das Land kein Ort des Friedens ist und daß man nur schwer abschätzen kann, was übelgenommen werden mag oder wird; in dieser Hinsicht war das Leben auf dem Land eine gute Vorbereitung für das Leben an der Universität. Diesmal hatte sein Fehler vermutlich darin bestanden, den außerplanmäßigen Halt in der Gegend von Bishop's Leaze zu erwähnen. »Warum fragen Sie mich nach dem Pfarrer?« wiederholte Ellsworthy mit unterdrücktem Ärger. »Sie können mir wirklich nicht vorwerfen, daß ich ein Kirchgänger bin.«

»Ich werfe Ihnen überhaupt nichts vor«, gab Fred zurück. Ellsworthy lenkte ein wenig ein und fragte Fred, wie er sich in London eingelebt habe. Fred erklärte, er wohne immer noch in Cambridge, aber manchmal seien die Verbindungen vom Londoner Bahnhof King's Cross günstiger.

»Ja, dafür ist London ganz nützlich«, meinte Ellsworthy. Ein altes Pferd, einst grau, jetzt ganz weiß, setzte sich auf der

Weide neben dem Bahnhofszaun ganz langsam in Bewegung und brachte einen kleinen Abstand zwischen sich und den Zaun – ein Scheinmanöver, denn die Zeiten waren längst vorbei, wo die Ankunft des Zuges für das Pferd Arbeit ankündigte: daß es möglicherweise die Bahnhofsdroschke ziehen mußte. Die Droschke moderte im Schuppen vor sich hin, die Deichsel ragte in die Luft. Als das Pferd zum Stehen kam, ließen sich ein paar Holunderblüten auf seinem durchgesessenen Rücken nieder.

Es gab eine Abkürzung zum Pfarrhaus; man konnte durch ein Gatter quer übers Feld gehen; Fred konnte aber sehen, daß das Gatter ganz mit Brennesseln und Brombeerranken überwachsen war. Und er merkte, daß Ellsworthy nur darauf wartete, ob er versuchte, das Gatter zu öffnen, um dann sagen zu können, es sei verklemmt, und Fred solle doch lieber außen herum über die Straße gehen.

»Ich gehe außen herum über die Straße«, sagte er.

»Ich weiß noch, wie Sie früher drübergesprungen sind. Ganz schön wendig waren Sie als Junge. Damals wäre das eine Kleinigkeit für Sie gewesen.«

Fred machte sich auf den Weg und schwang die Tasche hin und her. Church Road hieß die Straße. Kirche und Pfarrhaus standen oben auf einer steilen Anhöhe; das hatte einst Eindruck gemacht, wurde aber jetzt nicht mehr ohne weiteres hingenommen. Es war eine ziemliche Zumutung, daß man den ganzen Berg hochkeuchen mußte, bloß weil man eine Unterschrift vom Pfarrer brauchte. Ulmen schützten das Feld gegen den Wind, junge Holunderbüsche und Haselsträucher machten sich in den Entwässerungsgräben breit. Die Gräben mußten vor dem Winter freigeräumt werden, wenn sich jemand fand, der die Arbeit übernahm. Die Hereford-Kühe mampften, alle Mäuler bewegten sich gegen den Uhrzeigersinn, genau wie die Ranken wachsen. Das Gras stand hoch und still, überpudert mit einem rötlichen

Schimmer, reif zur Mahd. Auch an den Büschen regte sich kein Blatt, aber aus den blütenschweren Stengeln und den dichten Hecken drangen ununterbrochen summende, sirrende, raschelnde Töne, die auf emsige verborgene Tätigkeit deuteten. Zweige brachen und fielen herab, klebrige Fäden segelten aus dem Nirgendwo heran, wie wenn im Zentrum des friedvollen Sommers eine Art Mikro-Mordanschlag im Gang wäre. Fred stapfte gleichmäßig bergauf; die Straße war nie geteert worden, die Erde zerfurcht von tief eingegrabenen Wagenspuren und von der Sonne ausgedörrt.

Wenn man sich erst auf einen Kurs festgelegt hat, soll man ihn nur einmal im Kopf durchgehen und dann ja nicht mehr darüber nachdenken, bis der Augenblick zum Handeln gekommen ist. Fred hatte sich schon entschlossen, mit allen einzeln zu sprechen: mit seiner Mutter, seiner Schwester Hester, die zwanzig war (das wußte er genau), und Julia, die inzwischen sechzehn sein mußte, weil sie offenbar mit Lernen ganz aufgehört hatte. Einzeln deshalb, weil sie kaum je gleichzeitig im selben Raum oder derselben Meinung waren. Sie hatten sich sozusagen darauf geeinigt, nie einig zu sein, womit erreicht wurde, daß das tägliche Leben im Fairly-Haushalt sehr geordnet ablief.

Das Pfarrhaus, 1830 gebaut, war ein Bau von solider Würde; seit ungefähr zwanzig Jahren ließen die Mauern allerdings überall Wasser durch. Die Pforte aber war ganz neu; die Gilde für Christliches Kunsthandwerk in Coventry hatte sie gestaltet. Sie bestand aus gebeizter Eiche und hatte Schnitzereien, eingearbeitete Kupfermedaillons und andere Verzierungen, die wie kleine glasierte Untertassen aussahen. In erhabener Schrift stand zu lesen: *Pfarrhaus* und darunter *Willkommen, Tritt furchtlos ein, Schlichtheit und Ruhe sind hier allein*. Diese beiden Zeilen waren, vielleicht zum Glück, in einer keltischen Zierschrift gehalten, die man kaum entziffern konnte. Die Pforte war ein Geschenk für den Vorgänger des Pfarrers gewesen, einen Kunstliebhaber; sie war ungefähr der einzige Teil des Hauses, der funktionierte.

An der Tür hingen Merkzettel in verblichener Schrift, die eine Blumenausstellung zugunsten der Zenana Mission ankündigten und die Bibelstunde für Männer absagten. Fred hatte die seltsam geformte Messingklinke ergriffen, ließ dann aber den Riegel einschnappen und ging ums Haus herum nach hinten. Hier wuchsen die Stachelbeerbüsche – sie waren jetzt unter der zum Trocknen ausgebreiteten Weißwäsche fast verschwunden –, und der Rhabarber, dessen derbe grüne Blätter weit über den alten Zinkeimer hinaus hochgeschossen waren, der die Stengel eigentlich vor der Sonne schützen und bleich halten sollte. Unter dem Vordach standen eine unförmige Wäschemangel, die Reste eines Bienenkorbes, ein ausrangiertes Gerät zur Markierung der Linien auf einem Tennisplatz, zwei zerbrochene Liedertafeln und ein altertümlicher Katafalk, den der Gemeinderat aus der Sakristei verbannt hatte. Warum wurde dieser unnütze Kram nicht weggeworfen? Fred ärgerte sich über sich selbst. Im Pfarrhaus wurde nie etwas weggeworfen. Alles blieb liegen, bis es von selbst verrottete. Draußen ließ die Natur ihr Grün wild wuchern, und hinter dem Haus herrschte ewiger Herbst.

Ein Hund bellte im Haus. Zur Pfarrei gehörten zwei Hunde, Sandford und Merton. Sandford, der Freds Schritt auch dann noch erkannt hätte, wenn er von den Toten auferstanden und durch den Garten gewandelt wäre, rannte ihm bellend entgegen. Zwei, drei Krähen flogen aus den Ulmen hoch, zogen einen Kreis am blauen Himmel und kehrten dann in ihre Krähenkolonie zurück. Auch sie kannten Sandfords Bellen. Hinter ihm stürmte Julia aus dem Haus, energiegeladen, langbezopft und schweißgebadet. Ihre liebevoll gemeinte Umarmung fühlte sich an wie ein heftiger Zusammenstoß.

»Freddy, Freddy, Freddy!«

»Julia.«

»Warum hast du denn kein Telegramm geschickt? Ihr seid alle kaltherzig in Cambridge, das wußte ich doch.«

»Ich habe ja geschrieben«, sagte Fred, dem die Luft in ihrer Umarmung wegblieb. »Ich habe Vater einen Brief geschickt. Und hier stehe ich nun wie Odysseus bei der Heimkehr, bloß ein alter Hund erkennt mich noch.«

»Wir sind im Frühstückszimmer«, rief Julia und zerrte ihn durch einen verglasten Durchgang, eine Art Wintergarten, der aber im Winter Pflanzen keinen Schutz bot. Sandford durfte nur bis dorthin mitkommen, weiter ins Haus nicht; unglücklich zog er sich in die Seifenkiste zurück, in der Merton schon teilnahmslos zusammengerollt lag. Julia ging vor in die leere Küche. Die Uhr tickte, der Ofen war aus.

»Habt ihr irgendwas zum Essen da?« fragte Fred.

»Krähenpastete und Sagopudding gibt's noch, die Reste, die für heute abend reichen müssen. Schmeckt scheußlich, aber du weißt ja, wir sind arme Leute und müssen so was essen.«

»Wo ist denn Mrs. Burden?«

»Im Frühstückszimmer. Da sitzen wir alle.«

»Es ist Nachmittag, Julia.«

»Wir haben schon um sechs Uhr früh angefangen. Du wirst gleich sehen, was los ist, wir können jetzt nicht alles umräumen.«

Er fand alle um den Tisch versammelt, seine Mutter, Hester und Mrs. Burden aus dem Dorf, die Köchin und Hilfe fürs Grobe. Alle drei nähten, Mrs. Burden saß an der Tretnähmaschine. Überall lagen Stoffbahnen herum, lila, grüne und weiße, die weißen sahen sehr nach Bettbezügen aus. Die drei Näherinnen erhoben sich. Stoff flatterte ihnen vom Schoß herab. Julia ging in die Knie und baute sich auf allen Vieren auf einer purpurfarbigen Baumwollbahn auf.

»Da, sieh mal: Purpur für Gerechtigkeit.«

»Mein lieber Freddy«, sagte Mrs. Fairly, »so eine Überraschung.«

Hester, nicht ganz so kühl wie sonst, meinte: »Du siehst ja wohl, was wir hier machen. Das sind die WSPU-Farben. Wir nähen Fahnen für den Birmingham-Marsch. Sie sagen, zu viele können es gar nicht werden.«

»Aber Mutter, du hast doch kein Interesse am Frauenstimmrecht«, sagte Fred. »Darüber habe ich doch so oft mit dir geredet.«

»Jetzt ist es ihr aber wichtig, ihr und uns allen«, widersprach ihm Julia. »Deine Überzeugungskraft kann nicht umwerfend gewesen sein; Du hast offenbar gar nichts bei ihr erreicht. Deine Studenten tun mir leid, für die kann man bloß noch beten.«

»Alles ist anders geworden, Fred«, sagte Hester, »niemand lacht mehr. Wir haben das Bild von den Frauen im Hungerstreik gesehen, in der *Daily Mail.*«

»Ihr lest die *Daily Mail* doch gar nicht.«

»Aber ich«, meldete sich Mrs. Burden.

»Mrs. Burden hat uns das Bild gezeigt«, sagte Mrs. Fairly. »Die arme junge Frau, die Augen waren zu, und der Mund stand offen. Sie war schon sehr entkräftet.«

»Ist sie gestorben?«

»Das können wir nicht in Erfahrung bringen«, antwortete Hester.

Fred sah, daß sie Buchstaben aus Stoff ausgeschnitten hatten, auch Fragezeichen.

»Die Leute verstehen das Wort Suffragette nicht«, erklärte Hester. »Sie sagen: ›Wenn die Frauen leiden wollen, laßt sie doch‹. Sie glauben, *suffrage* hat mit *suffrance** zu tun. Wir schneiden Buchstaben aus für die eine Frage: ›Wer-

* Leiden (A. d. Ü.)

det ihr den Frauen das Stimmrecht geben?‹ Sie wollen Asquith mit dieser Frage konfrontieren: ›Werden Sie Frauen Stimmrecht geben?‹«

Mrs. Burden, die Fred geradezu schamlos den anderen vorgezogen hatte, als er noch klein war, nickte jetzt und setzte die Nähmaschine in Gang. So viel Lärm dürfte die eigentlich nicht machen, dachte er, bestimmt hakt die Spindel. Er mußte nachher einmal nachsehen, ob er das nicht in Ordnung bringen konnte. Aber vorsichtig, sonst wurde ihm seine Hilfe noch als Herablassung ausgelegt. Am Ende sah es so aus, als wolle er sagen, Fred von der Universität ist wieder da, jetzt repariert er alles, was euch zu Bruch gegangen ist. Er stand da, fand sich selbst hassenswert und versuchte, den richtigen Ton zu finden.

»Wir müssen fertig werden, Freddy, das siehst du doch«, sagte Julia. »Schade, daß du nicht nähen kannst. Bis morgen muß alles in Birmingham sein.«

»Wie schafft ihr das Zeug denn dorthin?« fragte er. »Der letzte Zug von Blow Halt mit Anschluß nach Birmingham in Bishop's Leaze ist um 15.47 Uhr gefahren.«

»Mrs. White nimmt alles mit.«

»Wer ist Mrs. White?« Er kam sich ausgeschlossen vor, wie einer, der keinen kennt.

»Sie kommt manchmal zum Abendsingen. Sie fährt heute abend los, sowie es dunkel wird. Sie fährt selbst, mit ihrem Automobil.«

»Will eigentlich niemand wissen, –«

»Sie hat einen Panhard.«

»Will eigentlich niemand wissen, warum ich gekommen bin?« fragte Fred fast flehentlich und versuchte, das Geklapper der Nähmaschine zu übertönen. »Ich finde ja, Frauen sollen das Stimmrecht haben. Ich bin in einer schlechten Position, weil Ihr denken werdet, daß ich die Frauenbewegung nicht ernst nehme, wenn ich von was anderem rede. Ich nehme sie ernst. Aber ich habe da eine Entscheidung getroffen. Und ich möchte mit euch darüber reden, besonders mit Vater. Ich möchte euch erzählen, welche Entscheidung ich getroffen habe.«

»Du wiederholst dich«, sagte Hester.

»Er kann eben nicht anders, das wissen wir doch«, sagte Julia und schnippelte und stichelte energisch. Fred hatte die vier Frauen noch nie so einträchtig beieinander gesehen. Vielleicht war ihre Liebe zu ihm, in der er sich sicher und gut aufgehoben gefühlt hatte, doch nur ein Nebenprodukt ihrer Spannungen untereinander gewesen. Das mochte besonders für Mrs. Burden gelten, die Brummige, seine Vertraute, die immer Marmeladentörtchen nur für ihn aus Teigresten gebacken und ihm heimlich zugesteckt hatte.

»Ist Vater in seinem Studierzimmer?« fragte er.

»Natürlich«, antwortete Julia, »dieses Zimmer hier würde er nie betreten. Er weiß wohl, was wir alle hier machen, aber er fürchtet sich.«

Fred ging zum Studierzimmer des Vaters. Weder setzte er sich, noch äußerte er einen auch nur annähernd vernünftigen einleitenden Gedanken, vielmehr fing er mitten drin an und gab nur abgerissene Satzfetzen von sich. Sein Vater streckte ihm die Hand entgegen, er ergriff sie und spürte, wie kalt sie trotz der Sommerhitze war und wie leicht und kraftlos sie in seiner lag. Der Vater sagte: »Als du mir eröffnet hast, daß du Naturwissenschaften an der Universität studieren willst – und dieses Studium hat, glücklicherweise, nehme ich an, zu deiner jetzigen Stellung geführt –, da habe ich ganz selbstverständlich erwartet, daß du früher oder später zu dem Schluß kommen wirst, für die Seele habest du keine Verwendung mehr. Ich möchte dich nur um eines bitten: Verschone mich damit. Die Damen des Hauses – das hast du vielleicht schon gesehen –, haben uns die praktische Hilfe aufgekündigt.«

»Nicht im Ernst Vater, das glaube ich nicht. Sie sind nur ganz bei der Sache, die ihnen gerade wichtig ist, aber das ist nicht dasselbe.«

»Freddy, man sagt mir, es sind noch Reste in der Speisekammer. Hast du eine Ahnung, was man mit Resten macht?«

»Mit Resten muß man gar nichts mehr machen. Sie sind doch nur der Rest von dem, was man vorher mit ihnen gemacht hat.«

Sein Vater lächelte und seufzte.

Sechstes Kapitel
Der Club der Ungefälligen

Nur deshalb, weil er keine Verwendung mehr für die Seele hatte, war er Skippeys Opfer geworden, hatte er sich dazu pressen lassen, an diesem Abend noch einmal auszugehen und unter so absurden Bedingungen zu sprechen – weshalb denn sonst. Er brütete schon seit einer Weile über dem Bogen Briefpapier, der das Motto *Estoy in mis trece* in blaßrotem Aufdruck zeigte und darunter die Worte: Liebe Miss Saunders. Aber nun war es zu spät, das zu schreiben, was er hatte sagen wollen, also löschte er die Lampe, zog den Burberry wieder an, ging die Treppen hinunter und hinaus in die Kälte, um sein Fahrrad aus dem überfüllten Schuppen zu zerren.

Die Debattierclubs hielten ihre Sitzungen in diversen Colleges ab, aber niemals im St. Angelicus. Die Ungefälligen trafen sich jeweils in den Räumlichkeiten des ehrenamtlichen Sekretärs, und Skippeys Räume befanden sich im Jesus, er hatte dort eine Tutorenstelle in der Experimentalphysik. Skippey war beliebt, weil er sich immer so eifrig bemühte, alles richtig zu machen. Seine Besorgtheit in

Kleinigkeiten – er bedachte nicht nur das leibliche Wohl, sondern auch atmosphärische Details, jedes minimale Zuviel oder Zuwenig an Empfindung – ließ die andern vergleichsweise gelassen erscheinen. Und es gab während dieser Abende ganz außergewöhnliche Glücksmomente für Skippey, dann nämlich, wenn wenigstens für eine kleine Weile offensichtlich nichts verkehrt lief und niemand unzufrieden schien. Aber diese Momente des Gleichgewichts waren selten, denn Skippey gehörte zu den Menschen, die von Natur aus unfähig zum Organisieren sind. Trotzdem, gastfreundlich war er. Flaschen und Gläser schimmerten einladend im Gaslicht, Teller mit Gesundheitsplätzchen standen bereit. Fred kam zu spät und machte sich Vorwürfe. Ungefähr eine halbe Stunde hatte er damit zugebracht, seinen Brief nicht zu schreiben, und genau zehn Minuten darauf verwendet, sich nichts zum Thema der Sitzung einfallen zu lassen. Und Charles Reding, der die These verfochten hatte, war mit seinen Ausführungen schon am Ende. Anscheinend hatte es ihm so schrecklich bevorgestanden, die Unsterblichkeit als lächerlichen Unsinn darstellen zu müssen, daß ihm die Stimme versagte; er hatte wohl so leise gesprochen, daß er so gut wie gar nicht zu verstehen war, und sich dann ohne weitere Erklärung gesetzt. Als Fred hereinkam, bot man Reding gerade eine Tasse Kakao an, die er dankend akzeptierte; nur bat er außerdem um einen Schluck Wasser.

»Am liebsten warmes Wasser, wenn's geht«, sagte der bedauernswerte Mensch.

»Wir hätten ihn nicht darum bitten sollen, das zu machen«, sagte Skippey leise zu Fred. »Sein Vortrag war nicht gut. Er hat sich nicht richtig reingekniet. Ich bin heilfroh, daß du gekommen bist. Ich werde dich jetzt vorstellen, und du mußt den Karren aus dem Dreck ziehen.«

Leichte Unruhe entstand, als die Tür sich öffnete und der

einzige leere Stuhl dabei umkippte. George Holcombe kam herein, ein Mensch mit Bart und rotem Schlips, er hielt sich nämlich für einen Demokraten. Er brachte einen Schwall kalter feuchter Luft mit, und als er sich mit dem umgefallenen Stuhl abmühte, als sei der absichtlich und zum Schabernack für ihn an der Tür plaziert worden, wirkte er deutlich störend.

»Holcombe, der Name. Ich suche Fred Fairly.«

»Sind Sie Clubmitglied?«

»Ich habe mal ein Semester Beitrag gezahlt, vor Jahren. Vor Ihrer Zeit. Zu den Sitzungen bin ich nie gekommen. Aber jetzt hole ich die versäumten Abende nach.«

»Also, Fairly ist zwar hier, aber er will gerade seinen Vortrag anfangen. Nicht gerade der ideale Augenblick, mit ihm zu reden, leider –«

Aber Holcombe hatte Fred schon erspäht, drängte sich zu ihm durch und baute sich so dicht vor ihm auf, daß er ihm fast mit dem Bart das Gesicht zerkratzt hätte. Heiser legte er los: »Was ich noch sagen wollte –«

»Ich will jetzt nichts mit dir zu tun haben, Holcombe. Woher wußtest du, daß ich hier bin?«

»Ich war in deinem Zimmer und habe deine Briefe gelesen. Ging ganz schnell, denn viel Post bekommst du ja wohl nicht.«

Fred erinnerte sich, daß er sich nicht in die Abwesenheitsliste eingetragen hatte, als er zum zweitenmal aus dem Haus gegangen war.

»Du erinnerst dich, mein Brief brach ab mit dem Satz: ›Es hat offensichtlich überhaupt keinen Sinn, daß du junge Frauen kennenlernst‹. Ich hätte das noch durch einen Zusatz ergänzen müssen: ›junge Frauen aus der Klasse der Heiratsfähigen‹.«

»Setzen Sie sich, Mr. Holcombe«, sagte Skippey in ganz überraschend scharfem Ton.

Der zweite Kassenwart wies auf die Regel der Ungefälligen hin, daß jeder jederzeit jeden anderen unterbrechen und widerlegen könne.

»Aber nicht, wenn er seinen letzten Semesterbeitrag schon vor Jahren bezahlt hat«, sagte Skippey. »Damals kann das höchstens £ 1 und Sixpence gekostet haben.«

»Ich kläre das später mit Fairly«, sagte Holcombe. »Hauptsache, er merkt sich: *Aus der Klasse der Heiratsfähigen.*« Er zog eine Bruyèrepfeife aus der Tasche, zündete sie an und paffte; die Tabakwolken vereinigten sich mit der Wolke, die den Raum in blauem Dunst verschwimmen ließ.

»Kommilitonen, Mit-Ungefällige«, redete Skippey beharrlich weiter, »der nächste Redner, Fred Fairly, wird nun die Gegenthese vertreten. Früher war er Christ, so sagt er mir, aber die Zeiten sind für ihn vorbei. Er könnte wohl mit Sir Leslie Stephen sagen: ›Ich glaube jetzt an gar nichts, aber nichtsdestoweniger glaube ich an moralisches Verhalten, und so weiter und so fort, und ich bin entschlossen, möglichst als Gentleman zu leben und zu sterben.‹«

»Herr Vorsitzender, den Gefallen tue ich Ihnen nicht«, sagte Fred. »Ich möchte nicht mit Leslie Stephen in einem Atemzug genannt werden, ich weiß nicht, was er mit ›und so weiter und so fort‹ sagen wollte, und wie ein Gentleman möchte ich weder leben noch sterben.«

»Wer war Leslie Stephen?« fragte Holcombe und hielt den Pfeifenstiel hoch.

Skippey ignorierte beide Einwürfe und fuhr fort: »Fred Fairly ist wie ich der Überzeugung, daß wir keine übernatürlichen Schutzpatrone und keine übernatürlichen Feinde haben. Alles, was wir tun können, müssen wir von selbst und für uns selbst und hier auf dieser Erde tun, wo wir uns befinden. Danach, wenn unser jetziges physisches Leben vorbei ist, meine ich, ist nichts mehr, jedenfalls haben wir keinen Grund und kein Recht, noch irgend etwas zu erwarten.«

»Könnten Sie den genauen Wortlaut der These noch einmal wiederholen?« fragte eine freundlich klingende Stimme aus der hintersten Ecke des Raumes. Skippey hatte keine Ahnung, warum der berühmte Provost vom St. James ausgerechnet an dieser Sitzung teilnehmen wollte, obwohl Dr. Matthews in seiner unermüdlichen, wohlwollenden Art sich angelegen sein ließ, in allen Universitätsgesellschaften Mitglied zu sein und an allen dann und wann Interesse zu zeigen. Unter den eifrigen Pfeifenrauchern fiel er dadurch auf, daß er als einziger einen Abendanzug trug. Die Ungefälligen waren Bohémiens und kleideten sich nonchalant; und Holcombe trug unter seinem College-Talar einen alten froschgrünen Rock und karierte Hosen.

Skippey hielt das Programm mit der Tagesordnung hoch, um so sein Selbstvertrauen zu stärken, und las laut ab: »Daß die Seele nicht existiert, nie existiert hat und daß auch nicht zu wünschen ist, sie existierte.«

»Die menschliche Seele«, sagte Dr. Matthews.

»So ist es, Provost.«

»Danke. Leider konnte ich den Redner, der die These vertrat, nicht gut verstehen, obwohl ich ihm natürlich zugehört habe.«

Dr. Matthew war bekannt als ein Christ von unerschütterlichem Glauben.

»Darauf war ich nicht gefaßt«, flüsterte Fred Skippey zu.

»Und ich war nicht auf Holcombe gefaßt.«

»Kommilitonen«, fing Fred an, »wie unser Vorsitzender mehrfach betont hat, bin ich hier, um die Seele zu verteidigen. Damit ich das tun kann, muß ich zunächst zeigen, daß nicht alles im Leben auf physikalische Ursachen zurückgeführt werden kann. Lord Nelson spürte wie viele andere, die sich der Amputation eines Gliedes unterziehen mußten, nach der Amputation noch Schmerzen in dem Arm, den er verloren hatte. Der Arm war nicht mehr da, aber die Schmerzen blieben. Das verstand er als klares Indiz dafür, daß es Dinge gibt, die jenseits der Reichweite physischer, oder wie er es nannte, körperlicher Erklärungen liegen.«

Er hielt inne, weil er sah, daß Skippey, der sich jetzt am Ende des Raumes niedergelassen hatte, schweigend seinen Pfeifenstiel in die Höhe hielt, womit er signalisierte, daß das intellektuelle Niveau der Ausführung angehoben werden müsse. Fred fühlte sich seiner Sache sicher, ärgerte sich aber.

»Mir scheint, der Vorsitzende deutet an, daß Sie nichts mehr von Lord Nelsons verlorenem Arm hören wollen. Ich akzeptiere die Wünsche der Versammlung. Lassen Sie mich zum nächsten Punkt übergehen. Einige von Ihnen, wahrscheinlich sogar eine ganze Reihe, werden mir entgegenhalten, daß alle Hoffnungen, alle Empfindungen, sogar das, was wir Vorstellungsvermögen nennen, durch organische Prozesse bedingt sind. Wenn unser Gedächtnis nachläßt, dann werden die Zellen der Hirnrinde erkennbar atrophisch sein. Wenn wir verrückt werden, dann wird die Kortexschicht unter dem Stirnbein dunkel eingefärbt sein. Bei Depressionen gibt es pathologische Veränderungen der oberen und hinteren Hirnlappen. Denken ist Blut, werden Sie mir sagen. Der Mensch ist, was er ißt. Es ist unvorstellbar, daß der Geist ohne den Körper weiterleben könnte. Und doch: Hat nicht jeder von Ihnen die Erfahrung gemacht, daß es Situationen gibt, Gefahren oder wenn nicht gerade eine Gefahr, so doch eine starke, extreme persönliche und emotionale Krise, zum Beispiel, wenn wir unbedingt einen Brief schreiben müssen, – Situationen jedenfalls, in denen wir uns gezwungen sehen, mit uns selbst

Zwiesprache zu halten. Dann sagen wir uns: ›Nun mach weiter, kein Grund zur Angst für einen denkenden Menschen‹. Und unser Körper widerspricht: ›Doch, doch, ich habe Angst‹. – ›Und wenn schon, du hast die Pflicht, du mußt aus Gründen der Selbstachtung weiter machen‹. – ›Nein, muß ich nicht.‹ Die Stimme des Adrenalins, Kommilitonen. Der Körper hat also seinen eigenen Geist. Daraus folgt aber, daß der Geist seinen eigenen Körper hat, auch wenn er nicht in derselben Weise sichtbar ist, noch je sichtbar war, wie etwas um uns herum.«

Fred fing ein Funkeln aus Dr. Matthews schwarzrandiger Brille auf, hinter der seine Augen, als er den Kopf wendete, einen Augenblick lang vollkommen leer aussahen. Er nickte leicht. Derweil geschah etwas Merkwürdiges mit Fred: Er spürte, wie die Meinungen, die er vertrat, obwohl er sie für absoluten Unsinn hielt, doch auf ihn einzuwirken begannen. Ihm war zumute wie einem, der mit dem Kopf nach unten hängt oder der das falsche Element einatmet, Wasser statt Luft und Pfeifenqualm. Die Luft wurde ihm knapp, er hatte starkes Heimweh nach seiner vertrauten Umgebung.

»Und wenn wir zugeben – und es bleibt uns gar nichts anderes übrig als zuzugeben, daß der Geist immer wieder seine Unabhängigkeit vom Körper und dessen Einwirkungen gezeigt hat, ist es dann nicht vernünftig zu glauben, daß er das auch wieder tun mag, indem er den Tod aus eigener Kraft überlebt?« Er korrigierte sich: »Ich meine damit: durch seine Unfähigkeit zu sterben. Aber ich habe gesagt: ›Ist es nicht vernünftig?‹ Ich habe das Wort ›vernünftig‹ benutzt, also als Wissenschaftler, noch dazu als Wissenschaftler der Universität Cambridge, an Ihre Vernunft appelliert. Das ist jedoch das letzte, was ich heute abend tun möchte. ›Wir hätten früher unsere Stimme erheben, entschieden für eine andere Welt beten müssen, bevor diese Welt entstand.‹

Aber das haben wir versäumt, und jetzt stehen wir da und quälen uns damit, uns einen Reim auf die Welt zu machen, die wir uns kraft der Vernunft verschafft haben. Kommilitonen und Ungefällige, ich lehne die Vernunft ab. Ich stehe heute abend als Gläubiger vor Ihnen. Ich glaube an eine Schwerkraft ohne Gewicht, an ein Leben ohne organische Materie, Denken ohne Nervenfasern, Stimmen und Erscheinungen ohne bekannte Ursache, an Wasser, das sich in Wein verwandelt, an Steine, die ohne bewegende Kraft rollen, und an Seelen ohne Körper. Mehr noch, ich glaube, daß das Gras grün ist, weil die Farbe Grün dem Auge wohltut, daß der Himmel blau ist, damit wir eine Anschauung von der Unendlichkeit haben, und daß Blut rot ist, damit ein Mord leichter entdeckt wird und Verbrecher der Justiz ausgeliefert werden. Ja, und ich glaube, daß ich ein ewiges Leben habe, aber es wird ein Leben ohne Vernunft sein.«

Skippeys Pfeife zeigte nun weder nach oben noch nach unten, sondern sie beschrieb große Bögen von einer Seite zur andern. Gleichzeitig hob aber Holcombe, der allem Anschein nach aufmerksam zugehört hatte, Arm und Pfeife, um starkes Mißfallen anzumelden.

»Ich nehme selbstverständlich an, daß der Redner nicht die Absicht hat, uns oder sich selbst zu verwirren. Ich muß ihn aber doch fragen: Hält er Seele und Geist für identisch oder für verschieden und unterscheidbar?«

Das war vielleicht die klarste Bemerkung, die Holcombe je gelungen war. Aber Skippey tauchte aus dem Hintergrund des Raumes auf, legte, aus welchem Grund auch immer, den Arm um Fred und sagte: »Als Vorsitzender und Ehrensekretär erhebe ich Anspruch darauf, diese Frage zu beantworten. Sich etwas vorstellen heißt eine neue Verbindung zwischen zwei Energieströmen in zwei oder mehr Nervensträngen herstellen. Elektrische Impulse wären vielleicht eine genauere Analogie als Schienen-Stränge. Diese elektrischen Ströme müssen immer von sensorischen Nerven ausgehen, nehmen wir zum Beispiel an, vom Sehnerv. Denken wir uns, Fairly sieht einen Vogel über die Fens fliegen, zugleich betrachtet er eingehend eine junge Frau, und er verbindet die beiden Bilder und meint dann, er sähe einen Engel. So arbeitet die Einbildungskraft. Nun gibt es aber keine zwei Menschen, die die Außenwelt in genau der gleichen Weise sehen. Für jeden einzelnen ist ein Ding das, was er sich dabei denkt – mit anderen Worten, es ist kein Ding, sondern ein Denk.«

»Das ist keine Antwort auf meine Frage – das ist überhaupt keine Antwort«, rief Holcombe. Aber nun erhob sich der Provost vom St. James, schweigend, und durch sein Schweigen verbreitete er lautlose Stille.

»Meine Herren, ich bin mir wohl bewußt, daß den privaten Debattierclubs dieser Universität ein Recht auf Diskussionsfreiheit eingeräumt wurde. Aber ich hätte nicht gedacht, daß ich heute oder jemals hier sitzen würde und hören müßte, wie die menschliche Seele als ein Denk beschrieben wird.«

Er ließ den Blick in betonter Ruhe von einem Gesicht zum anderen schweifen.

»Auch wenn es gegen die Regel sein mag, daß ich aus dem Publikum in die Diskussion eingreife, möchte ich Ihrem Vorsitzenden doch gern noch eine Frage stellen. Hier ist sie: Würden Sie das ›innere Auge‹ – so möchte ich es einmal nennen –, das sich in einigen von uns auftut, obschon nicht immer dann, wenn wir es wollen oder erwarten, – würden Sie dieses innere Auge als einen sensorischen Nerv bezeichnen?«

»Nicht in dem Sinn, daß man ihn bei einer Sektion herauspräparieren könnte«, sagte Skippey kläglich.

Das war das unrühmliche Ende der Debatte. Anschließend reichte man – der Brauch hatte sich eingebürgert –

jedem eine Erfrischung von der Art, die er besonders wenig schätzte. Man war sich darin einig, daß das gut für den Geist sei, der ja, ob er nun vom Körper abhängig ist oder nicht, ständig Anregung in Form von Widerstand, Widerspruch oder Überraschung braucht. Skippey war mit seiner Weisheit am Ende. Was konnte Dr. Matthews Geist guttun? Zum erstenmal schoß ihm der Verdacht durch den Kopf, daß das Procedere seines Clubs möglicherweise kindische Züge habe. Der Kassenwart drängte allen Gesundheitsplätzchen auf. Sie klapperten, wenn sie mit den Tellern in Berührung kamen.

»Ich gehe jetzt, ich möchte noch eine Pfeife rauchen, vielleicht nur eine halbe«, sagte Dr. Matthews. »Hat jemand denselben Weg wie ich?«

Er sah Fred an, der ohne Bedauern ging. – Sehr gern, nicht ganz mein Weg, aber eine gute Gelegenheit, noch einen kleinen Spaziergang zu machen. – Er half dem Provost in Mantel und Talar. Die Hilfe war (wie immer) eher eine Erschwerung beim Ankleiden. Eine Hilfe im Sinn von Erleichterung wäre diese höfliche Geste nur, wenn menschliche Arme sich wie Mantelärmel nach hinten drehen könnten.

»Gute Nacht, Mr. Skippey. Sie müssen mich jetzt entschuldigen. Ich habe es mir zur Regel gemacht, vor Mitternacht schlafen zu gehen.« Regen und Wind hatten aufgehört, am Himmel zogen Wolkenfetzen. Als sie mit festem Schritt in Richtung King's Parade aufbrachen, meinte der Provost: »Sie heißen Fairly, ist das richtig? Haben Sie nicht an dem Essen im St. Angelicus teilgenommen, als wir über das Geheimnis des Südwesttores zu Ihrem College diskutierten? Daß Sie dem Geist das Recht auf einen eigenen Körper zusprechen, der deutlich besser sein sollte als der gegenwärtige – ich bin überzeugt, daß er dieses Recht hat –, gefällt mir.«

»Mir ist nicht ganz klar, Provost, ob man Ihnen genau

erläutert hat, worum es in unserem Club geht«, begann Fred vorsichtig. »Ich will damit sagen, jeder, der aufsteht und die These verteidigt, und natürlich auch jeder, der die These anficht, –«

»Die Leute sind manchmal so merkwürdig umständlich«, nahm der Provost seinen Faden wieder auf und schlug dabei mit einer Hand leicht einen Takt, wie zu Musik. »Da schreibt mir meine Schwester, daß sie in ihrem Testament Anweisung gegeben hat, man möge ihr vor der Beerdigung den kleinen Finger abhacken, damit jede Möglichkeit, oder sagen wir alle Wahrscheinlichkeit ausgeschlossen wird, daß sie wach im Grabe ruht.« Welche Antwort darauf von ihm erwartet wurde, wußte Fred nicht recht. – »Das müßte eigentlich funktionieren«, sagte er. – »Ja, und sie muß in dieser Sache selbstverständlich nach ihrem Gutdünken verfahren, aber es ist doch sehr eigenartig, Fairly – so heißen Sie doch, oder – ich meine, den kleinen Finger kann man jederzeit verlieren, glaube ich. Heutzutage wird so viel maschinell gefertigt, viel mehr als früher. Die Maschinen bringen Gefahren, mit denen man nicht rechnet.« Und dann fügte er hinzu: »Und die Angst lebendig begraben zu werden, ach ich weiß nicht. So viele Dinge laufen noch herum, nachdem sie sicher begraben schienen.«

Wie merkwürdig sein Gesicht war, väterlich besorgt, wenn das Licht darauf schien, und dann wieder, sobald er den Kopf drehte und die schwarzgeränderten Brillengläser funkelten, völlig ausdruckslos.

»Ach, übrigens, wer war eigentlich dieser Mann mit dem Bart, dieser Freund oder Feind von Ihnen?«

»Er heißt George Holcombe.«

»Leider kann ich ihn nicht einordnen. Er ist Fellow in –?«

»Er ist nirgendwo Fellow«, antwortete Fred. »Er arbeitet als Techniker in den neuen Chemielabors.«

»Er sah verstört aus, fand ich.«

»Vielleicht ist er gestört.«

»Warum das?«

Fred mochte nicht weiter darauf eingehen, und der Provost sagte nachdenklich: »Ich war immer der Meinung, daß die Einrichtung der neuen Laboratorien ein Fehler war, aber daß die Mitarbeiter nicht normal sind, wäre mir nie eingefallen.«

Er versank in Schweigen, und Fred versuchte es noch einmal: »Ich wollte Ihnen gerade erläutern, wie die Spielregeln bei den Ungefälligen funktionieren«, – aber da waren sie schon am Ziel, und ein Butler öffnete die Tür, gefolgt von einer großen getigerten Katze, die dem Provost sofort auf die Schulter sprang und sich in seinem Talar verkrallte, damit niemand ihr diesen Platz streitig machen konnte.

»Sie kommen doch noch mit auf eine Pfeifenlänge, hoffe ich?«

Fred sagte, er bedaure, aber er sei Nichtraucher.

»Das heißt natürlich, daß Sie kommen«, gab der Provost zurück und streichelte seine Katze triumphierend.

Als Fred wieder in seinem Zimmer war, sah er, daß das Feuer immer noch ganz ordentlich brannte. Er steckte die Aladin-Lampe an und zerriß den Brief, den er vor der Sitzung angefangen hatte. Er nahm ein neues Blatt Papier und begann von vorn: »Liebe Daisy«.

Siebtes Kapitel
Wer ist Daisy?

Wäre Holcombe in diesem Augenblick mit der Frage: »Wer ist denn diese Daisy, gehört sie zur Klasse der Heiratsfähigen?« ins Zimmer gekommen, dann hätte Fred keine Antwort gewußt. Er wußte, wie sie hieß, er wußte auch, wie es gekommen war, daß er ihr begegnete. Wer sie war, wußte er aber nicht, und ihre Adresse hatte er auch nicht, deshalb konnte er ihr gar nicht ohne weiteres einen Brief schicken. Geschrieben hatte er ihr vermutlich nur, weil es ihm Freude machte, ihren Namen auf dem Papier zu sehen.

Vor drei Wochen, drei Wochen vor der Sitzung der Ungefälligen, war er gegen Abend mit dem Fahrrad auf der Guestingley Road unterwegs gewesen, als die Dämmerung gerade in Dunkelheit überging.

In den Außenbezirken hatte Cambridge nicht mehr den Charakter einer Marktstadt. Felder und Gemeindeland tauchten auf, und langgestreckte Häuser säumten die Straße. Es war fast Essenszeit. In den Häusern flammten Lampen auf, in den Erdgeschossen und den obersten Stockwerken gleichzeitig: oben deckte man die Betten auf und legte die Kinder schlafen. Ab und zu sah er ein Kind hinter dem Fenstergitter stehen und hinausspähen; dann wurden die Vorhänge zugezogen, in den Kinderzimmern waren sie von schlechterer Qualität, so dünn, daß das Nachtlicht durchschimmerte und ihre blauen, grünen, braunen, roten Farben leuchten ließ. Die Straße war viel befahren, meist von Autos, aber auch einige Fuhrwerke kamen vorbei. Nach der Kreuzung wurde es ruhiger. Fred konnte schnell fahren. Nur zwei Radfahrer waren vor ihm, zwei rote Schlußlichter, die nicht zusammengehörten. Einer der Radfahrer war eine Frau, vermutlich eine junge, der Figur nach zu urteilen; sie trug einen Regenmantel, wahrscheinlich aus Öltuch, der im schwachen Licht glänzte. Fred kannte die Straße, trotzdem paßte er auf. Die Ziegelmauer zur Linken verschwand im Dunkel, und an ihrer Stelle tauchte eine große unbeleuchtete Öffnung auf. Das war das Tor zu einem Bauernhof, Fred erinnerte sich, und der Bauernhof war einer von mehreren, die sich hartnäckig an der Straße hielten und mit ihrem Lärm und durchdringenden beißenden

Gestank die achtbaren Bürgerhäuser zu beiden Seiten beeinträchtigten. Fred befand sich unmittelbar hinter den Schlußlichtern der beiden Räder, war vielleicht dichter aufgefahren als vernünftig, da rumpelte ohne Vorwarnung ein Pferd mit Wagen fast im Galopp aus der Einfahrt heraus. Das Gefährt war unbeleuchtet, und der Fuhrmann hielt die Zügel nicht, sondern hing kraftlos auf dem Kutschbock, er war betrunken, eingeschlafen oder tot. Plötzlich schrillte ein wilder Schrei, vielleicht war es das Pferd, auch alte Pferde können vor Schreck unheimliche Laute von sich geben, dann folgte ein Geräusch, wie wenn Glas in großen Mengen splittert, Fred trat mit aller Kraft in die Bremse, der Boden hob sich aus der Horizontalen, neigte sich ihm entgegen und schlug ihm hart gegen den Kopf, dann wurde ihm schwarz vor Augen.

Als Fred zu sich kam, hatte er schrecklichen Durst. Wenn jetzt Halbzeit war, kam bestimmt gleich jemand und brachte ihm ein Stück Zitrone zum Lutschen. Irgend etwas hielt ihn in einem Schwebezustand und verhinderte, daß er den Schmerz spürte, der im Hintergrund lauerte, wie er wohl wußte. Er lag im Bett, auf einer weichen, nachgiebigen Matratze, ein sicheres Indiz, daß er überall, nur nicht im College sein konnte. Das Zimmer schien zu atmen. Jedenfalls atmete etwas in seiner Nähe. Das Licht war schwach, aber doch so hell, daß sich auf einer Wand, deren Blümchentapete er nicht kannte, die Schatten eines ihm ebenfalls unbekannten Waschgestells mit Krug und Schüssel abzeichneten. Fred konnte durch Tasten feststellen, daß er mit einer weißen Steppdecke und einer weißen Tagesdecke zugedeckt war. Er kam sich vor wie im Kinderzimmer. Oben auf der weißen Tagesdecke lag etwa fünfzehn Zentimeter entfernt von ihm die linke Hand einer jungen Frau, eine große saubere Hand mit einem breiten goldenen Ring am vierten Finger; das konnte er sehen. Er berührte die Hand. Das

Gold fühlte sich glatt an, die Haut rauh. Das Gesicht der Frau war von ihm abgewandt, sehen konnte er aber einen dichten Haarschopf – eine Haarflut würde seine Mutter sagen –, der bräunlich oder unbestimmt rötlich schimmerte und zur Zeit irgendwie notdürftig hochgesteckt war. Sie hielt die Augen geschlossen.

»Mein Gott, was für ein Glück«, dachte er.

Plötzlich war sein Kopf ganz klar. Er setzte sich auf und wartete einen Augenblick, ob ihm schlecht würde, denn das durfte nicht sein, nach einem solchen Anfang konnte er sich nicht mehr formvollendet entschuldigen und zugleich vorstellen. Er versuchte, sich möglichst nicht zu bewegen und setzte dann an: »Ich schulde Ihnen eine Erklärung. Ich heiße Frederick Fairly. Ich bin Lektor für angewandte Physik und Junior Fellow am, am –«. Der Name mußte ihm doch einfallen, gleich war es bestimmt so weit. »Ich muß einen Unfall gehabt haben. Sie auch, meine ich. Sie müssen die junge Dame sein, die unmittelbar vor mir fuhr.« Aber den Schluß durfte man nicht ohne weiteres ziehen. Es war auch sehr gut möglich, daß sie in diesem Haus wohnte und daß das Bett ihr eigenes war.

Ohne sich zu bewegen, ohne die Augen aufzuschlagen – die langen hellbraunen Wimpern blieben geschlossen, so als könne es kaum der Mühe wert sein, irgend jemanden anzusehen –, sagte sie: »Ich bin Daisy Saunders. Wo ist denn mein Fahrrad?«

»Ich weiß nicht, wo es ist, Mrs. Saunders.«

»Ich bin nicht ...«, brachte sie heraus. »Ich habe nicht... Ich bin nicht... gehört mir nicht.«

»Soll ich mal gehen und nachschauen, ob ich es finde?«

Sie flüstert: »Ja.«

»Ich weiß auch nicht, wo mein Fahrrad ist, und meine Kleider sind auch nicht mehr da.«

Sein Kopf war verbunden. Und was war mit den Kleidern, Weste, Hemd, Vatermörder, Socken, Sockenhalter, Hosen? »Nein, ich habe anscheinend gar nichts an, tut mir leid, daß ich das sagen muß. Sonst könnte ich schon aufstehen, glaube ich.«

»Daß Sie nichts anhaben, stört mich nicht. Ich habe schon Hunderte in Ihrem Zustand gesehen.«

Jetzt weiß sie nicht mehr, was sie sagt, dachte er, sie ist nicht ganz bei sich. Dann tat er etwas sehr Unvernünftiges: Er stieg aus dem Bett. Inzwischen hatten sich seine Augen an das Dämmerlicht gewöhnt, und er sah, daß er wirklich in einem Kinderzimmer war, mindestens einem ehemaligen Kinderzimmer. Am Fenster stand ein großes Schaukelpferd, es trug ein dunkles Bündel auf dem Rücken, das waren vielleicht seine Hosen. Oben an den Wänden war ein umlaufender Fries angebracht, auf dem sich Blaumeisen im Flug tummelten. Das Nachtlicht brannte in einer Art Metallkästchen, einem Vogelkäfig. Wie ein Theaterstück, dachte er. Vielleicht bin ich wiedergeboren. Hatte er zu Hause je in einem Kinderzimmer geschlafen? Er konnte sich nicht erinnern. Nur die Mädchen hatten ein Kinderzimmer gehabt, er, obschon der Älteste, war in der Abstellkammer großgeworden. »Marsch ins Bett und rühren Sie sich nicht mehr«, sagte die junge Frau. »Das ist ein Befehl.«

»Entschuldigung, Mrs. Saunders, aber Sie wissen wohl nicht, was Sie sagen.«

»Ich bin nicht Mrs. Saunders.«

Fred kroch wieder ins Bett. Es duftete leicht und köstlich nach Pears Seife. Der Schmerz war auf der rechten Seite am schlimmsten, auf der rechten Kopfseite und an der rechten Schulter, das rechte Bein tat nicht weh, das fühlte sich ungefähr so an wie immer.

»Haben Sie Ihre Sachen nicht finden können?«

»Weiß nicht.«

Sie hob den Kopf ein wenig und ließ ihn wieder sinken.

»Das kann auch nur mir passieren, daß ich mit so einem Faulpelz im Bett festsitze.«

Fred war tief gekränkt. In seinem ganzen Leben hatte ihn noch nie jemand als Faulpelz beschimpft.

»Wo ist denn der Kerl, mit dem ich geradelt bin? Was ist mit dem passiert?« fragte sie.

»Ich weiß nicht, was mit ihm passiert ist. Es interessiert mich auch nicht. Warum reden wir überhaupt davon?«

Vielleicht war er ein wenig laut geworden. Die Tür öffnete sich, und helleres Licht drang ein, erst nur ein Spalt, dann wurde es mehr, erfaßte die Blaumeisen und die weißen Wände und die Decke. Ein Kopf schob sich vorsichtig durch den Türspalt, und Fred hörte eine klare helle Männerstimme, unverkennbar die Stimme eines in Cambridge Geschulten.

»Venetia, im Kinderzimmer sind zwei vollkommen fremde Menschen. Einer ist ein Mann, der seine Kleidung eingebüßt hat. Der andere ist eine Frau, die, glaube ich, auch keine Kleider mehr hat...« Dann kam er etwas weiter ins Zimmer und richtete das Wort an die beiden: »Dies ist zufällig mein Haus. Halten Sie mich bitte nicht für ungastlich. Mein Name ist Wrayburn.«

Es war offensichtlich, daß man immer alle Aufregung von ihm ferngehalten hatte. Das war nicht seine Aufgabe, das erledigten andere für ihn. Hinter ihm stand im Leben und in diesem Augenblick eine überschwenglich wohltätige Mrs. Wrayburn, mit Fransen und Troddeln behängt wie eine Indianersquaw, aber außerdem mit einem Pince-nez bewaffnet. »Ach, meine Armen. Ich wollte Sie in Frieden schlafen lassen, bis der Arzt kommt.«

»Sind sie krank?« fragte Mr. Wrayburn ungläubig.

»Der Sohn des Bauern hat die beiden hereingetragen. Er ist ja kräftig. Dich wollte ich nicht stören.«

»Ich *bin* aber gestört worden«, gab Mr. Wrayburn zurück. »Ich habe oben Stimmen gehört. Warum hat man sie nicht in das Bauernhaus gebracht?«

»Mrs. Wrayburn?« meldete sich Fred.

»Oh, er kann sprechen!«

»Eben hat er noch viel lauter gesprochen, und herumgetrampelt ist er auch«, sagte Mr. Wrayburn.

»Sie sind Mr. Fairly, nicht? Ich habe eine Visitenkarte in der Brusttasche Ihrer Jacke gefunden. Und die Dame ist Ihre Frau.«

»Ich bin nicht Mrs. Fairly«, sagte Daisy.

»Ja, aber Ihr Ehering, meine Liebe. Und Sie beide lagen übereinandergestürzt auf der Straße. Und Sie wurden als ein einziges Bündel zusammen hierhergebracht, wissen Sie.«

»Ich bin nicht seine Frau.«

Mr. Wrayburn nahm all sein gutes Benehmen zusammen.

»Trotzdem hoffe ich, Sie fühlen sich wohl hier.«

Fred wurde in ein Krankenhaus in der Bridge Street geschafft, jedenfalls fand er sich dort wieder, mitsamt seiner Zahnbürste und einem Morgenrock, Utensilien, die man ihm aus St. Angelicus gebracht hatte. Das war, nachdem er zum zweitenmal ohnmächtig geworden war, erzählte ihm die unermüdliche Mrs. Wrayburn, die, diesmal in Samthut mit Assisi-Stickerei, freundlicherweise gekommen war, um sich nach seinem Befinden zu erkundigen. Aus unerfindlichen Gründen hatte Mr. Wrayburn sie begleitet. Fred wollte wissen, wo Miss Saunders war. – »Sie scheinen ihren Namen besser zu kennen als sie selbst«, sagte Mrs. Wrayburn.

»Soll das eine Kritik an ihr sein?« fragte Fred. Er war entschlossen aufzustehen und den Ort zu verlassen, den er sich sowieso nicht leisten konnte.

»Kritik? Natürlich nicht«, rief Mrs. Wrayburn. »Warum soll eine junge Frau, oder überhaupt eine Frau Rechenschaft über ihr Kommen und Gehen ablegen müssen? Warum soll sie ihren Namen wissen, wenn sie das nicht möchte? Uns geht das nichts an. Wir dürfen nur eines fragen: überwiegen die höheren Elemente in ihrem Wesen? Gehen ihre Füße auf dem Weg, der zur Freude führt? Lebt sie im Einklang mit dem neuen Jahrhundert?«

»Das weiß ich nicht so genau, Mrs. Wrayburn«, meinte Fred. »Was sagt sie denn selbst?«

»Sie schien nicht ernstlich verletzt. Aber ich fand, sie sah sehr blaß aus. Jedenfalls stand sie auf und zog sich an und sagte, sie wolle, falls nötig, zum Arzt gehen, sobald sie wieder in London sei. Sie hat sich bei uns bedankt – nicht, daß wir Dank erwartet hätten –«

»Und ob wir Dank erwartet haben«, widersprach Mr. Wrayburn. »Ich kann mich nicht erinnern, je so fest mit Dank gerechnet zu haben.«

»Ich kann Ihnen gar nicht genug danken«, sagte Fred. »Hat sie gesagt, in welchen Teil von London sie fahren wollte?«

Mrs. Wrayburn schüttelte den Kopf und stellte ihm mit einem offenen, freundlichen Lächeln eine Tüte voll Trauben ans Bett und legte eine versilberte Traubenschere dazu. »Schneiden Sie nach Herzenslust Beeren ab und bringen Sie die Schere irgendwann zurück, wenn Sie Zeit haben. Schnipp, schnapp!«

Im Gehen zögerte Mr. Wrayburn einen Augenblick und sagte: »Ich habe erfahren, daß Sie Fellow im Angelicus sind. Hätte meine Frau das gewußt, dann wäre ihr bestimmt nicht der Fehler unterlaufen, Sie für einen verheirateten Mann zu halten.«

Die Wrayburns hatten die Polizei informiert. Aber als der Polizist kam, hatte das Pferd den Wagen an den Straßenrand gezerrt und fraß in der Dunkelheit Gras, während der Fuhrmann, wer immer es gewesen war, wie vom Erdboden verschluckt schien. Der Bauer beschrieb den Mann als Gelegenheitsarbeiter, der eine Ladung alter Holzpritschen vom Bahnhof hatte holen sollen. Er war vorbeikommen, weil er Saatkartoffeln als Bezahlung für die Pritschen abholen wollte, der Bauer konnte nicht genau sagen, was er mit den Pritschen gewollt hatte, fand aber, so etwas könne man immer brauchen. Der Mann nannte sich Saul, das war vielleicht sein Vorname, konnte aber auch der Nachname sein, oder? Keine Ahnung, woher er kam. Wußte nicht, daß er kein Licht am Wagen hatte. Am Bahnhof wußte keiner von den Angestellten etwas über einen Verkauf oder Tausch von alten Pritschen, die natürlich Eigentum der *Great Eastern Railway* waren. Die Polizei fand das alles unbefriedigend. Freds und Daisys Fahrräder waren beide kaputt und standen immer noch am Straßenrand. Daisys Rad war am Morgen des Unfalls in Trimmers Laden in der Silver Street ausgeliehen; sie hatte dort ihren Namen und ein Deposit von zwanzig Schilling hinterlassen. Seither war sie nicht mehr in dem Geschäft gewesen, und ihre Adresse war nicht zu finden, obwohl man eigentlich immer die Adressen der Kunden notierte. Fred wurde gefragt, ob er noch jemanden zur Zeit des Unfalls auf der Straße gesehen habe. Ja, einen Mann, der unmittelbar vor Miss Saunders fuhr, aber beschreiben konnte er ihn nicht, hatte auch keine Ahnung, wohin er gegangen sein mochte. Auch das fanden die Polizisten unbefriedigend, obwohl sie viel höflicher mit Fred sprachen als mit dem Bauern und Trimmer. Es würde schwierig werden, aus diesen unbestimmten Aussagen einen Fall fürs Amtsgericht zusammenzustellen.

»Aber Sie müssen Miss Saunders finden«, sagte Fred. »Das ist doch das Allerwichtigste.«

Die Polizei versicherte, man werde alles versuchen, die

Spur der jungen Frau aufzunehmen. Aber das genügte Fred nicht. Er wollte nicht, daß man versuchte, Daisys Spur aufzunehmen, er wollte, daß sie gefunden wurde.

Zweiter Teil

Achtes Kapitel
Daisy

Daisy wohnte im südlichen London, dort wo Stockwell in Brixton übergeht, in einem Bezirk, in dem zu viele Menschen auf zu engem Raum lebten, wie in allen Quartieren, die Daisy kannte. Die Bürgersteige waren offensichtlich nicht breit genug, um Platz für alle Bewohner der Häuser zu bieten; sie quollen über vor Menschen, und manch ein fliegender Händler fand nur noch Platz im Rinnstein und mußte dort seine Ware feilbieten: Streichhölzer, Pfennigspielzeug aus Blei oder Blech, Almanache, Allheilmittel, Vogelkäfige und vieles mehr – bis es dunkel wurde und die letzte Hoffnung auf ein Geschäft schwand. Dann öffneten die Häuser ihre Tore und ließen alle ein, auch die heimkehrenden Arbeiter, die Straßenprediger, die an den Ecken unter Gaslaternen gestanden hatten, die Kinder, die Betrunkenen. Wenn alle drin waren, wurden die Schotten dicht gemacht. Aber Südlondon hatte einen großen Vorteil: Wenn man sich nicht in unmittelbarer Nachbarschaft des Flusses und der Lagerhäuser am Wasser befand, gab es nur niedrige Häuser, und wenn der Nebel sich hob, sah man den weiten Himmel über sich, der unbeschränkten Raum für Sonne und Wolken und ein dichtes Netz von Sternen bot.

Daisy wuchs in einer Wolke von Gerüchen auf, einer Mischung aus vielen Zutaten: Essig- und Gindunst, Kohlenrauch, Paraffin, Schwefel, Pferdemist aus den Hinterhofställen, Chlorkalk aus den Fabriken in Seitengassen und dem morgendlichen Geruch von frischgebackenem Brot. In Daisys ersten Jahren war die Familie sehr arm gewesen. Das war schlimm, aber andererseits war die Großstadt London fast gleich gut auf die sehr Armen und die sehr Reichen eingerichtet. Die Marktstände waren nach strengen Richtlinien angeordnet: alle Billigware wurde jeweils am einen Ende einer Reihe verkauft. Die Kunden akzeptierten das und gingen ohne Umschweife zu ihrem Ende. Am Billigende konnte man Kuhhaxe kaufen, die nicht so schnell verdarb wie die meisten Fleischsorten sonst. Die Kuhhaxe simmerte fast den ganzen Tag hinten auf dem Herd in einer trüben Brühe, die schließlich von selbst dick wurde, behauptete Mrs. Saunders jedenfalls. Nach dem langen Köcheln nahm man die Knochen heraus und drückte die gallertartige graue Masse unter einem Teller platt, der mit einem Bügeleisen beschwert war. Eine der Klebstoffabriken unten am Fluß ließ den Knochengallert einsammeln, aber für ausgekochte Kuhhaxen zahlte sie nur sehr wenig.

Am Quartalsende steckten in allen Briefkästen Handzettel: *Seid schneller als eure Hauswirte. Wir arbeiten auch nachts.* Diese Männer machten Umzüge mit Handwagen, die weniger laut waren als Ponywagen. Mutter und Tochter Saunders blieben bei ihren Umzügen immer im Umkreis des vertrauten Terrains, mieteten sich aber nie zweimal in derselben Straße ein. Daisys Mutter wollte in der Nähe ihres Arbeitsplatzes in der Falcon Brauerei bleiben. Daisy hütete Babys. Sie hatte keine Brüder und Schwestern, das sei aber ein Vorteil, denn sonst wäre sie Babys längst leid geworden, meinte Mrs. Saunders.

Es war anzunehmen, daß Daisy einen Vater hatte, aber lückenlos Auskunft über ihn geben konnte sie nicht. In ihrer Geburtsurkunde war er mit dem Beruf eines Packers und Händlers verzeichnet. Was hatte er eigentlich je verpackt und vertrieben, und wo trieb er seinen Handel jetzt? Weder Mutter noch Tochter wollten das wissen. Dann trat eine unerwartete, eine geradezu unfaßbare Wende in ihrem Schicksal ein, als nämlich Mrs. Saunders' Schwester, von der nie die Rede gewesen war, ihr ein Haus vererbte, ein kleines Reihenhaus in Hastings. Rechtsanwälte schrieben, sie seien »beauftragt«, Mrs. Saunders davon in Kenntnis zu setzen, und hätten »den Wunsch«, ihr Genaueres mitzuteilen. »Und ich habe gedacht, sie wäre tot«, meinte Mrs. Saunders immer wieder.

»Das ist sie ja nun auch«, sagte Daisy, »du kannst dir also sagen, daß du Recht hattest.«

»Und wenn sie noch gelebt hätte, dann wäre sie nach New South Wales gezogen, habe ich immer gedacht.«

»Nun jammere nicht, so traurig bist du doch gar nicht.«

»Wenn man mir Zeit gelassen hätte, wäre ich traurig gewesen«, sagte Mrs. Saunders.

Die Nachricht war dann doch nicht gar so unfaßbar, wie es zuerst den Anschein gehabt hatte. Der Rechtsanwalt schrieb wieder; diesmal wünschte er den Eindruck zu korrigieren (den nur er hervorgerufen hatte), daß das Haus Mrs. Saunders gehöre oder in Zukunft einmal gehören werde. Geerbt hatte sie einen in fünf Jahren auslaufenden Pachtvertrag; und das Haus war untervermietet. Die Einkünfte aus der Untervermietung, fünf Jahre lang £ 5 im Quartal, hatte sie geerbt. Das werde sich für sie sehr bemerkbar machen, bedeutete der Rechtsanwalt ihnen.

Mrs. Saunders setzte weiter in der Falcon Brauerei Deckel auf die Flaschen, weil sie auf diese Weise genug Geld zusammenbekam, um ihre Tochter in die *Licensed Victuallers' Free School** in der Latchmere Road schicken zu können. Daisy wurde groß und schlank, war aber kräftig gebaut. Sie hatte Substanz. Sie sah aus, als würde sie in ihrem Leben viel Arbeit leisten können. Ihr wildes krauses Haar sollte so lange, bis es grau war, immer die Blicke auf sich ziehen, weil

* Freie Schule der Lebensmittelhändler mit Konzession für den Verkauf von Alkohol (A. d. Ü.)

fast nicht zu entscheiden war, ob es nun braun oder rot schimmerte. Die Farbe hing ganz vom Licht ab.

Mit fünfzehn kämmte sie sich das Haar hoch, steckte es mit soliden Stahlnadeln fest und nahm Arbeit in einem Büro an. Das hieß, daß sie zusammen mit einhundertfünzigtausend anderen Südlondonern zweimal täglich den Fluß überqueren mußte. Zeitgenössische Soziologen verglichen diese Reise mit der Situation, die entsteht, wenn Menschen in großer Zahl vor Krieg oder Katastrophen aus einem Nachbarland flüchten müssen, keinen Blick zurück werfen dürfen und alles daransetzen, sich so schnell wie möglich über die Brücken in Sicherheit zu bringen und nur eine Sorge haben: daß sie hinfallen und zertrampelt werden könnten. An den Straßenbahnhaltestellen reihte man sich nicht in eine Warteschlange ein – Warteschlangen gab es nur vor Apotheken, die kostenlose Medizin ausgaben –; wenn die Straßenbahn um die Ecke kam und scharf bremsend hielt, dann rollte die Menge auf sie zu und umgab sie wie ein Bienenschwarm. Man mußte sich schon durchkämpfen und bei den Ersten sein. Aber auch Verteidigung mußte man lernen. Auf dem Weg zur Arbeit schützten sich Daisy und ihre Freundinnen durch ihre Aufmachung vor unliebsamen Annäherungsversuchen: Man war bis oben zugeknöpft, in ein Korsett geschnürt und trug den Hut mit Nadeln festgesteckt. Dazu hatte Daisy am Ringfinger einen breiten goldenen Ehering, der von der lange Zeit unverdächtigen Tante in Hastings kam. War Tante Ellie denn überhaupt je verheiratet gewesen? In den Ring war ein Spruch eingraviert: *Alles was man wissen kann, werden wir eines Tages wissen.*

Wer in der drangvollen Enge der Straßenbahn Annäherungsversuche machte, hatte keine Neigung, an den Ehering zu glauben und wußte so gut wie Daisy selbst, was sie sonst noch zum Schutz trug. Der Kampf, der sich dann abspielte, hatte keine Regeln, und wenn die Straßenbahn sich vollbeladen mit drängelnden, streng riechenden Menschen in Bewegung setzte, dann hielten Männer die Hände über Fahrkarten und Portemonnaies, Schuljungen schützten ihre Genitalien und Frauen alle Stellen vorn und hinten am Körper, die Anreiz zu Kontaktversuchen boten.

Daisy hatte Arbeit bei *Lambert's Glazing Supplies*, einem Glaslager in Fulham, gefunden. Die Lagerhalle sah finster und wenig einladend aus, hatte aber immerhin über dem Eingang ein großes Buntglasfenster mit einem Bild von den wiedergefundenen verlorenen Schafen. Der Himmel auf dem Bild war aus opalisierendem Glas in einem Stück geschnitten; weiße und blaue Farbtöne liefen so ineinander, daß sie wie ziehende Sommerwolken wirkten. Ein solches Glasbild konnte im Jahr 1909 in England wohl niemand herstellen, und die Firma Lambert schon gar nicht. Zwar hatte fast jedes Haus in Battersea, Clapham, Streatham und Stockwell, und wenn es noch so klein war, sein Stückchen Buntglas über der Haustür, aber nirgendwo hatte Daisy etwas gesehen, das auch nur entfernte Ähnlichkeit mit dem Bild über dem Eingang zu Lambert gehabt hätte – auch nicht in oder vor einer Kirche.

Der Arbeitstag bei Lambert ging von acht bis acht. Daisy war so jung und kam mit so unbändiger Bereitschaft, es allen recht zu machen, als sei der erste Morgen der Schöpfung eben angebrochen – eines der großartigsten Beispiele für Kraftvergeudung, das die Erde zu bieten hat. Man gab ihr einen Hocker und einen Stift und ließ sie in einem fast licht- und luftlosen Verschlag hinter dem Glaslager sitzen. Die Zahlenkolonnen machten sie glücklich, besonders, wenn eine aus der Reihe tanzte. Der Anblick von 8073 Fuß Verglasung zu einem Schilling, Sixpence pro Fuß, plus Bleifassung, ein Viertel, später statt dessen fünf Sechzehntel Inch breit, so daß der Kostenvoranschlag sich um 13 1/2% erhöhte, verschaffte ihr so viel Befriedigung, als hätte sie einer Niederlage ins Auge gesehen und sie dann doch noch abwenden können.

Ihr Wochenlohn betrug zwölf Schilling. Mrs. Saunders verlor die Stelle in der Brauerei. Irgendwas stimmte nicht mit ihr, sie hatte Schmerzen, aber nicht immer an derselben Stelle. Sie hatte auch keine Zeit, darüber nachzudenken. Mutter und Tochter waren in zwei hübsche helle Zimmer im Dachgeschoß eines Hauses gezogen, das in allen anderen Fenstern handgeschriebene Karten mit Angeboten für nützliche Dienstleistungen zeigte. Annahme von Weißwäsche! (Das stand im Erdgeschoß, wo der Heißwasserboiler war.) Musikunterricht vom Fachmann! Heilung durch Naturkräuter! »Fang mir nur damit nicht an«, sagte Daisy. Aber Mrs. Saunders hatte dem Kräutermann schon guten Tag gesagt. Sie wußte zu berichten, daß er nur zwei Medizinen, in schlichten Briefumschlägen, hatte: Kreuzkraut, damit die Regel kam, und Poleiminze, damit sie wieder aufhörte. Nichts für eine Frau in ihrem Alter.

Daisy kündigte die Stelle bei Lambert nach weniger als einem Jahr und nahm eine Arbeit in einem anderen Büro an, diesmal in der Kartonagefirma Sedley. Lange hielt sie es auch dort nicht aus. Hatte sie die Arbeit nicht gut genug gemacht? Solche Fragen beantwortete Daisy ganz ungerührt; daran hatte es nicht gelegen, an ihrer Arbeit hatte niemand etwas auszusetzen. Mrs. Saunders seufzte: »Na ja, du hast mir erzählt, Mr. Lambert konnte die Finger nicht von dir lassen. Hat er denn den Ehering von unserer armen Elsie nicht gesehen?« – »Ach Mutter, der Ring ist doch nur für die Straßenbahn. Bei der Arbeit nehme ich ihn natürlich ab. Lambert weiß, daß ich fünfzehn bin, und daß ich nicht verheiratet bin, weiß er auch. Laß uns jetzt nicht mehr von Lambert reden.« – »Und was ist mit Mr. Sedley?«

»Der ist schlimmer«, erklärte Daisy. »Der ist schmierig.«

›Schmierig‹ – das sagte niemand leichtfertig, der in dem London südlich des Flusses lebte. Es wäre auch niemandem eingefallen, daß Daisy schwierig, anspruchsvoll oder wählerisch sein könnte. Im Gegenteil, sie war großzügig, und sie galt als ein Mädchen, das sein letztes Hemd hergeben würde, wenn es eines hätte. Sie wollte nur nicht, daß ein anderer Entscheidungen für sie traf, auch nicht der alte Mr. Lambert und schon gar nicht der junge Sedley.

So viele Arbeitslose wie in dieser Zeit hatte sie noch nicht erlebt. Sie behauptete, sie sei gerade von der Schule abgegangen, und Pater Haggett von der Anglo-Katholischen Missionskirche St. James the Less gab ihr ein Empfehlungsschreiben. Er hatte ein Herz für seine Gemeindemitglieder, und solange es halbwegs vertretbar war, unterschrieb er alles mögliche, wenn es ihnen zu Lohn und Brot verhelfen konnte. Mit seiner Hilfe bekam sie Arbeit als Tellerwäscherin, verdiente aber nur sieben Schilling die Woche, drei Schilling wurden als Kaution zurückbehalten, falls sie Geschirr zerbrach.

Daisy liebte ihre Mutter – sie hatte sonst keine Verwandten –, aber sie hielt es trotzdem für möglich, daß sie die Mutter umgebracht hatte. Im Frühjahr 1909 eröffnete Selfridge ein Kaufhaus in der Oxford Street. Ein Handzettel wurde verteilt – alle sahen ihn, weil er in jedem Fenster hing. Daisy las ihn im Women's Penny Reading Room, der hinter dem Gemeindesaal lag: »Wir möchten ganz deutlich sagen, daß unsere Einladung zur Eröffnung von Selfridge für alle gilt, für die Briten ganz allgemein und ebenso für Besucher aus Übersee – Einlaßkarten sind nicht erforderlich – und das Vergnügen des Einkaufs und des unverbindlichen Betrachtens fängt im Augenblick der Eröffnung an. Alles ist NEU, nur unsere großartigen langerprobten Leitsätze sind alt: Integrität, Solidität, Liberalität der Geschäftsführung und höfliche Bedienung.«

Das prächtige Gebäude mit säulengeschmückter Front und Säulengängen im Inneren war in einem Jahr hochgezogen worden, sagte der Handzettel; fünfzehnhundert Menschen hatten dabei in dieser Zeit schlimmer Depression Arbeit gefunden. Es gab Aufzüge, die elektrisch betrieben wurden. »Wenn du willst, gehen wir zusammen hin«, versprach Daisy ihrer Mutter. »Das ist mein halber freier Tag.« Mrs. Saunders war schon öfters im Westend gewesen, hatte aber noch nie ein großes Kaufhaus von innen gesehen. Ihr wurde ganz schwindlig vor Freude bei der Aussicht, das nun unter dem Geleitschutz ihrer hochgewachsenen gutaussehenden Tochter tun zu können, aber sie ließ es sich nicht anmerken.

»Von mir aus, wenn du sowieso in der Gegend zu tun hast.«

Sie fuhren mit der Straßenbahn bis Victoria Station und dann weiter mit dem offenen Autobus; sie stürmten die Bustreppen hinauf, beschwingt wie aufsteigende Lerchen, um nur ja die besten Plätze auf dem Oberdeck zu ergattern, die beiden Sitze ganz vorne links, von denen sie die beste Aussicht hatten, falls sie die tiefhängenden grauen Wolken dazu bewegen konnten, aufzureißen. Die Oxford Street war fast verstopft mit Pferden und Automobilen. Bei Ruscoe, dem bescheidenen Textilgeschäft neben dem großen neuen Kaufhaus, Nummer 424, stiegen sie aus. Über den Bürgersteig war ein breiter roter Teppich zu Ehren der Selfridge-Kunden ausgebreitet. Auch die Bescheidenen, die nur zu Ruscoe wollten, betraten diesen Teppich zumindest am Rand. Im lichtgleißenden Eingang, gleich hinter dem Hauptportal, patroullierte Gordon Selfridge persönlich, zunächst im Gehrock, mit Beginn der Dämmerung dann im korrekten Abendanzug. Mrs. Saunders bedachte ihn mit einem hoheitsvollen Neigen des Kopfes. Sie ging an Daisys Arm, also konnte sie es mit allen aufnehmen. Eigentlich genoß sie das am meisten; nicht die Vorstellung, daß hundert Abteilungen mit einem Warenangebot auf sie warteten, dessen bunte Vielfalt die Kaufhausreklame etwas großmäulig mit fernöstlichen Bazaren verglich; auch nicht, daß zwölfhundert Verkäufer zu Diensten standen, machte ihr Eindruck, sondern daß sich hier die Gelegenheit bot, allen zu zeigen, wie eine Frau vom Schlage der Mrs. Saunders sich nur in Grenzen beeindrucken ließ.

Nachdem sie ungefähr zwanzig von den hundert Abteilungen gesehen hatten, schlug Daisy vor, mit dem Aufzug ins oberste Stockwerk zu fahren und in den Teegärten eine kleine Pause einzulegen. Die Teegärten waren auf dem Dach des Hauses. Frische Luft konnten sie jetzt wohl brauchen. Das sagte Daisy, als ob sie gerade vom Land gekommen wären und mitten in grünen Wäldern oder Kartoffeläckern wohnten.

»Luft!« sagte Mrs. Saunders. »Dafür können sie uns wohl kein Geld abknöpfen.«

»Bis jetzt haben wir noch keinen Pfennig ausgegeben«, erinnerte sie Daisy.

In den ersten Tagen nach der Eröffnung sollte bei Selfridge eine Fanfare geblasen werden, wenn das Kaufhaus morgens seine Pforten öffnete und noch einmal, wenn es abends schloß, so als ob jeder Einkaufstag eine historische Epoche sei. Mrs. Saunders, die viel von der versprochenen Fanfare geredet hatte, war jedoch jetzt, da sie die Gelegenheit hatte, sie zu hören, nicht mehr interessiert.

»Ich glaube, ich gehe nach Hause«, sagte sie, »ich habe genug gesehen, mehr kann ich jetzt nicht aufnehmen.«

»Du bist müde, Mutter.«

»Nein, bin ich nicht«, widersprach Mrs. Saunders. »Ich werde nie müde.«

»Es ist doch keine Sünde, müde zu sein.«

»Aber ein großer Fehler, wenn man es zugibt.«

Danach sagte sie kaum noch etwas, bis sie wieder in die Straßenbahn umgestiegen waren und auf der anderen Flußseite in heimatliche Gefilde kamen. Die Gänge zwischen den Marktständen waren dunkel, die Stände beiseite gerollt und mit Öltuch verhüllt. Stallgeruch kam aus den überfüllten Pferchen, und manchmal konnte man hören, wie ein Pferd, das für die Nacht weggesperrt war, von einem Bein aufs andere trat. An den Straßenkreuzungen war der Platz unter den Gaslaternen leer; die Prediger, die Marxisten, die Suffragetten hatten die Hoffnung auf Zuhörer aufgegeben und waren nach Hause gegangen, soweit sie ein Zuhause hatten.

»Und was hältst du nun davon, Daisy?« fragte Mrs. Saunders. »Was meinst du, wie lange werden die sich halten? So viel Zeug, und immer noch ein Stockwerk mehr, es nahm kein Ende, ich habe gar nicht darauf geachtet, was sie verlangen. Und alles so ausgebreitet, daß man ganz genau hinsehen kann, das war doch eigentlich nicht anständig.«

»Ich weiß«, sagte Daisy. »Sie fordern die Leute richtig dazu auf, sich zu bedienen, sich einfach zu nehmen, was sie möchten.«

Sie zog den Haustürschlüssel aus der Rocktasche.

»Also, ich habe nur eine Sache mitgenommen«, sagte Mrs. Saunders.

Mein Gott, sie wird doch nicht, dachte Daisy. Aber wenigstens kann es nichts Großes gewesen sein. Sie fragte: »Wie hast du die Sache denn hierher geschafft?«

»Na ja, wie man es immer macht.« Also im Regenschirm. Sie legte den Arm um ihre knochendürre kleine Mutter.

»Für dich habe ich es genommen, als Geschenk.«

»Nein, das glaube ich nicht.«

»Na ja, vielleicht doch nicht.«

Als sie oben waren, zeigte die Mutter vor, was sie im Regenschirm hatte mitgehen lassen: einen falschen Knoten, eine Rolle aus künstlichem Haar, die man unter dem eigenen Haar versteckte, damit es so voluminös aussah wie die Haarmode vorschrieb. Leider schimmerte der falsche Knoten meistens unter dem echten Haar durch, und die Mutter hatte einen goldgelben erwischt.

»Findest du den schön?« fragte Daisy zweifelnd.

»Nein, eigentlich nicht. Wenn ich ihn jetzt so sehe, bin ich nicht mehr scharf drauf. Paßt gar nicht zu meinen Haaren und zu deinen auch nicht. Hat mich nur an die Haarfarbe erinnert, die ich hatte, als ich so alt war wie du jetzt. Wir können ihn wieder zurücklegen, wenn wir nochmal in die Gegend kommen.«

»Mach dir keine Sorgen, bei zwölfhundert Verkäufern noch zusätzlich zu den Kunden geht bestimmt jeden Tag einiges mit; das wird sich abends bei Geschäftsschluß zeigen. Aber warum hast du dir nicht was genommen, was du wirklich haben wolltest?«

Drei Tage danach starb Mrs. Saunders, als Daisy zur Arbeit gegangen war. Der Verlust traf sie tief, um so mehr, weil sie nicht dagewesen war und nichts für ihre Mutter hatte tun können, als es geschah. Sie fragte den Arzt nicht, ob der Ausflug ins Westend den Herzanfall möglicherweise ausgelöst hatte; sie wußte, daß er darauf keine eindeutige Antwort geben konnte. Also sagte sie nichts dazu.

Der Kräutermann, der Nachbar, der korrekten Musikunterricht anbot, und der andere, der Weißwäsche zum Waschen annahm, fanden alle drei den Weg zu Daisys Zimmer, in dem das Waschgestell und der Ölofen hinter einem Vorhang verborgen standen. Sie wußte genau, warum diese Besucher kamen: Sie wollten sehen, ob von den Habseligkeiten der Mutter etwas für sie abfiel. Daisy erklärte, sie wolle alles durchsehen und sortieren, danach könnten die drei wiederkommen und sehen, was noch da war. Sie wollte nichts behalten, nur ein Photo von ihrer Mutter als junge

Frau. Das sah nicht so aus, als hätte die Mutter je goldblondes Haar gehabt, aber vielleicht hatte der Photograph beim Kolorieren gepatzt.

»Die Möbel wollen Sie nicht behalten, Miss Saunders?« fragte der Kräutermann.

»Ich bleibe nicht hier«, antwortete Daisy.

»Aber das Waschgestell?«

»Das nehme ich nicht mit.« Er hatte sich offenbar überlegt, daß es hinter dem Vorhang stehen mußte, oder aber er hatte herumgeschnüffelt und wußte, daß es eine Marmorplatte hatte.

Sie benachrichtigte den Rechtsanwalt, der daraufhin sein Beileid auszusprechen wünschte. Als sie zu ihm ging, um nach dem Haus ihrer Tante Ellie zu fragen, wies er darauf hin, daß die vierteljährliche Zahlung der £ 5 mit dem Tod von Mrs. Saunders automatisch beendet sei.

»Wer bekommt das Geld denn jetzt?« fragte Daisy. Der Rechtsanwalt riet ihr, sie solle sich ernsthaft Gedanken über ihre Zukunft machen. Daisy erzählte ihm, sie habe schon immer Krankenpflegerin werden wollen; und jetzt, da sie keine Rücksicht mehr auf die Mutter nehmen müsse, wolle sie sich den Wunsch erfüllen.

»Man kann auf zwei Arten zum Pflegeberuf kommen«, meinte er, »entweder fangen Sie als einfache Schwesternhelferin an – die meisten Schwesternhelferinnen kommen aus der Klasse der Haushaltshilfen –, oder Sie fangen als Lernschwester an, dann zahlen Sie ein Ausbildungsgeld, tragen natürlich eine ganz andere Schwesterntracht und müssen keine unangenehmen Arbeiten tun. Aber Sie haben wohl kaum Kontakt zu Schulschwestern, nehme ich an.«

Für diesen Rat verlangte er keine Gebühren, vielleicht sollte das ein Ausgleich dafür sein, daß sie keine Mieteinnahmen mehr aus dem Haus in Hastings bekam.

Neuntes Kapitel
Das Blackfriars Krankenhaus

Die Oberschwester in Blackfriars hatte nur an Freitagen von vierzehn bis sechzehn Uhr Sprechstunde für Bewerber. Als Daisy geklingelt und durch die Außen- und Innentüren Einlaß gefunden hatte, sprach sie sich selbst Mut zu, um der Konkurrenz der anderen Bewerber standhalten zu können. Sie trug Rock und Jacke in Marineblau, dazu einen marineblauen Strohhut, der mit Patentlack überzogen war, damit er im Regen nicht aufweichte. Zwei Hutnadeln mit einfachen Glasköpfen hielten ihn auf ihrem Kopf fest. Die Jackenärmel waren reichlich kurz. Sie hatte sie etwas einschlagen müssen, damit man die abgestoßenen Kanten nicht sah. Manche färbten die Aufschlagkanten mit Tinte ein, aber das machte Daisy nie. An der Innentür hing ein bunter Anschlag mit folgendem Text: »Das Krankenhaus muß Jahr für Jahr mehr als tausend Bewerbungen von Personen, die Krankenpflege lernen möchten, ablehnen. Vier bis fünf Bewerber pro Jahr werden eingestellt.« – Eine Herausforderung, wie sie der freie Geist gern annimmt. Wegen oder trotz dieser Herausforderung waren alle Stühle im Wartezimmer besetzt. Daisy stand mit dem Rücken zur Wand und betrachtete die Mädchen, die sehr gerade auf den Stühlen saßen. Alle hatten marineblaue Kostüme an, deren Ärmel unnatürlich kurz waren, alle trugen Strohhüte – nur eine dunkle, fremdartig aussehende Frau, vielleicht aus Spanien, vielleicht aus Gibraltar, deutlich älter als die anderen, bildete eine Ausnahme. Wer älter als achtunddreißig war, konnte sich nicht mehr bewerben, vielleicht war die Frau siebenunddreißig. Sie fragte Daisy, ob sie einen weiten Weg gehabt habe. Daisy antwortete, sie sei das Laufen gewohnt. Die anderen wendeten die Augen ab, als ob sie vermeiden wollten, Daisy zuzuhören; man weiß ja nie, was kommt; am

Ende hätte das Gewissen ihnen eingeflüstert, ihr einen Sitzplatz anzubieten.

»Gleich wird wieder eine herauskommen«, sagte die dunkle Frau.

»Heute nimmt sie sich nicht viel Zeit.«

»Sind Sie denn schon mal hier gewesen?« fragte Daisy, aber die Frage stellte man nicht, und also gab es keine Antwort darauf. Die weißgestrichene, mit Messingschloß verzierte Tür zum Büro der Oberschwester öffnete sich, und ein Mädchen kam heraus, durchquerte das Wartezimmer mit gesenktem Kopf und sagte etwas (niemand konnte die Worte verstehen) zu der Schreibdame im Empfang. Die Bewerberinnen auf den Stühlen wurden etwas unruhig. Entweder hatte das Mädchen eine Erkältung, oder sie war in Tränen. Der Pförtner wurde gerufen; die Schreibdame gab ihm den Auftrag, ein Taxi zu holen. Vielleicht eine vornehme Bewerberin.

Daisy wurde als Letzte aufgerufen. Sie betrachtete die Frau hinter dem Schreibtisch voller Respekt. Man mußte hart arbeiten, vielleicht auch kämpfen und Blut lassen, um sich eine solche Stelle zu erstreiten. Die Oberschwester war klein, blaß und maushaarig und saß so gerade aufgerichtet, als hinge sie von einem Haken herab.

»Sie dürfen sich setzen.«

Sie hatte Daisys Bewerbungsschreiben vor sich und las Namen und Adresse daraus ab.

»Sie sind fast achtzehn. Sind Sie unverheiratet oder verwitwet? Wenn verwitwet, haben Sie Kinder? Wenn ja, wie werden sie versorgt?«

»Ich bin alleinstehend.«

»Gibt es jemanden, der auf Ihre Unterstützung angewiesen ist?«

»Nicht mehr.«

»Nennen Sie mich bitte: Frau Oberin.«

»Nicht mehr, Frau Oberin.«

»Aber bis vor kurzem?«

»Meine Mutter. Sie ist im März gestorben.«

»Und damit waren Sie frei, sich als Krankenpflegerin zu bewerben, was natürlich für Sie zur Folge hätte, daß Sie nicht zu Hause wohnen könnten.«

»Ja, so war das wohl.«

»So daß der Tod eine Befreiung für Sie war.«

»Nein, das würd' ich nicht sagen, sag' ich auch nicht. Es war auch keine Erlösung für sie.«

Die Oberschwester schien nicht zuzuhören, sondern konzentrierte ihre Aufmerksamkeit auf die Schriftstücke, die vor ihr lagen. »Ihre Geburtsurkunde. Sie sind zu jung, aber die Klinikleitung hat ihre Vorschriften etwas gelockert. Der Impfschein. Größe?«

Daisy sagte, sie meine, 168 Zentimeter ohne Schuhe.

»Das ist keine Frage von Meinungen«, tadelte die Oberschwester. »Schülerin der *Victuallers' School*, Führung und Fleiß Gut. Haben Sie Latein gelernt? Wissen Sie, was *enemata* sind?«

Das wußte Daisy nicht, sagte aber, sie wolle lernen.

»Ich erwarte nicht, daß die Mädchen, die zu uns kommen, irgend etwas wissen. Weiter: Sind Sie kräftig und gesund, und waren Sie immer gesund? Das will ich lieber erläutern, damit wir Zeit sparen. Mehrere Bewerberinnen haben heute im Lauf des Gesprächs – offenbar ist es ihnen erst nachträglich eingefallen –, erwähnt, daß sie als Kind rheumatisches Fieber hatten, das heißt aber, wenn wir sie hier einstellen, können sie jederzeit kollabieren und uns damit viel Ärger machen, und teuer wird das auch.«

»Ich war immer gesund und kräftig«, sagte Daisy und spürte, wie sich ihr Körper unter den einengenden Sonntagskleidern in behaglicher Selbstachtung dehnte und streckte wie eine Katze in der Sonne.

»Mit den Augen und Ohren ist alles in Ordnung?«

»Ja, ich glaube. Ich habe nie darüber nachgedacht.«

»Sie sehen, daß ich eine Lesebrille trage. Jetzt brauche ich sie, aber als Lernschwester brauchte ich keine Brille. Haben Sie körperliche Schäden?«

»Was für Schäden meinen Sie?« fragte Daisy leicht verwirrt.

»Alles, was ich auf den ersten Blick nicht entdecken kann. Sie könnten zum Beispiel unter sehr starken Perioden leiden. Oder vielleicht haben Sie schlimme Narben und Male. Oder ein verkrümmtes Rückgrat... neigen Sie zu pulmonalen Krankheiten?« Sie sah Daisy scharf an. »Verstehen Sie, was ich mit ›pulmonal‹ meine?«

»Ja, das hat was mit der Lunge zu tun.«

»Die Lunge betreffend, sagt man. Eine kränkelnde Krankenpflegerin taugt nicht für ihren Beruf. Man könnte sie einen Feind dieses Berufs nennen. Wie auch immer: Wir wollen niemanden haben, der sich gehen läßt und ständig über Beschwerden klagt. Merken Sie sich, daß ein durchschnittlicher Mann grob gerechnet vier Tage im Jahr krank ist, eine erwachsene Frau aber darauf gefaßt sein muß, daß sie ein Viertel ihres Lebens unter echten Schmerzen leidet.«

Daisy wurde von Bewunderung für diese Frau durchschauert. Selbst hatte sie bis jetzt dieses Soll noch nicht im mindesten erfüllt.

»Als nächstes frage ich Sie nun: Haben Sie die Satzung dieses Krankenhauses gelesen und richtig verstanden? Ich erfahre immer wieder, daß Lesen und Verstehen nicht dasselbe sind. Im Wartezimmer wird die Satzung ausgeteilt, aber obwohl die Bewerberinnen vor dem Aufnahmegespräch reichlich Zeit zum Lesen hatten, stellt sich immer wieder heraus, daß sie so gut wie nichts verstanden haben.«

Niemand hatte Daisy ein Exemplar der Satzung gegeben, vielleicht war der Vorrat ausgegangen, aber das wollte sie nicht sagen, um der Sekretärin Ärger zu ersparen. Auf gut Glück sagte sie:

»Früh aufstehen schreckt mich nicht.«

»Und schwere Arbeit in den Krankenzimmern auch nicht? Und daß es nur eine Woche Urlaub im ersten Ausbildungsjahr gibt?«

»Nö.«

»Was haben Sie gesagt?«

»Nein, das schreckt mich nicht, Frau Oberin.«

»Sie können sich auf dem Weg nach draußen noch ein Exemplar der Satzung geben lassen, bevor Sie gehen. Jetzt brauche ich noch Abschriften Ihrer Referenzen, vor allem ein Zeugnis von Ihrem letzten Arbeitgeber.« Daisy zögerte. »Wenn Sie nichts Schriftliches mitgebracht haben, können Sie nächsten Freitag mit den Bescheinigungen wiederkommen.«

Und mit einem Kopfnicken entließ die winzige Oberschwester die große, kräftige, frische, mutige, etwas verunsicherte junge Frau, mit deren Referenzen offenbar etwas nicht stimmte. Daisy blieb in der großen Eingangshalle des Krankenhauses stehen, zog die guten Stiefel aus und die alten Laufstiefel an und machte sich auf den Heimweg durch die kalten, hellen, nachmittäglichen Straßen; allzuviel Hoffnung erlaubte sie sich nicht. Auf einmal holte die dunkelhäutige Frau aus dem Wartezimmer sie ein. Sie hatte wohl auf Daisy gewartet, weil sie ihr noch etwas sagen wollte; das tat sie nun: »Miss, Sie erinnern sich bestimmt. Ich habe keine Antwort auf Ihre Frage gegeben, aber jetzt antworte ich. Sie haben gefragt, ob ich mich schon mal im Krankenhaus beworben habe. Mehrmals schon, aber ich wurde jedesmal abgewiesen. Ich kann eine Spalte im Fragebogen nicht ausfüllen: alleinstehend oder Witwe? wird da gefragt. Was soll ich sagen? Ich bin nämlich alleinstehend, aber ich habe ein Kind.«

»Hat Sie einer sitzengelassen?« fragte Daisy. »An Ihrer Stelle würde ich das ankreuzen.«

Die Frau sah sie traurig an und sagte, Jungsein heiße sorglos sein. »Ich wohne gleich um die Ecke. Möchten Sie nicht auf eine Tasse Tee mit hereinkommen?«

»Nein, lieber nicht, vielen Dank.«

»Warum denn nicht, nur einen Moment.«

»Nein, ich muß eigentlich weiter.«

»Wenn ich verheiratet wäre, würden Sie hereinkommen.«

»Warum haben Sie's mir erzählt, wenn Sie meinen, ich hätte was dagegen«, fragte Daisy und lächelte. »Es gab doch keinen Grund.«

Sie blieben vor einer kleinen Bügelstube stehen, in der Hemdkragen den letzten Schliff bekamen, die vorgebügelt aus einer größeren Büglerei geliefert wurden. »Ich nenne mich hier Mrs. Martinez.«

»Warum nicht?« meinte Daisy.

Mrs. Martinez ging quer durch die Bügelstube und nickte der Chefin nur kurz zu. Aus einem Wäschekorb auf der Theke hob sie ein ungefähr zweijähriges Kind, das darin friedlich mit hölzernen Wäscheklammern gespielt hatte. So still sitzt kein englisches Kind.

»Ist das etwa Ihrs?« rief Daisy. »Das ist ja lieb. Ich hätte gedacht, es ist ein bißchen älter.«

»Ich bin über fünfunddreißig«, sagte Mrs. Martinez, »aber leider anscheinend immer noch fruchtbar.«

»Das sehe ich«, gab Daisy zurück. »Mit der Zeit müssen Sie aber doch dazugelernt haben.« Sie streckte die Arme aus und nahm das Baby; als es nach ihren Hutnadeln greifen wollte, hielt sie es mit einer zärtlichen Bewegung zurück. »Sie wollen sich doch nicht aus der Bahn werfen lassen.«

»Wir fruchtbaren Frauen haben eben Pech«, sagte Mrs. Martinez. »Und Sie werden eines Tages auch finden, daß fünfunddreißig kein Alter ist.«

»Das wird mich dann auch nicht umwerfen. Wenn es soweit ist, 1929 sagen wir mal, werde ich mich gar nicht aufregen.« Beide mußten lachen, so absurd kam ihnen das Datum vor. Sie waren auf dem Weg zum Oberstock und blieben auf dem Treppenabsatz stehen, wo ein Gasboiler und ein Ausguß installiert waren. Vom Hoffenster aus konnte Daisy einen ganz kleinen Hof mit Wasserzapfstelle sehen und daneben eine Pumpe – für den Fall, daß der Wasserhahn versagte.

Über den Hofmauern hing ein Stück blendendheller Himmel, an dem silbrige Wolken trieben. »Ich kann mir vorstellen, daß Sie diesen Blick aus dem Fenster gern haben, wenn kein Nebel ist«, sagte sie. Aber Mrs. Martinez stammte offenbar aus einem spanischen Kohlebergbaugebiet, über dem immer Dunst hängt. Nur der Londoner Nebel weckte Heimatgefühle in ihr. Daisy gab den warm verpackten kleinen Jungen seiner Mutter zurück. »Ich gehe jetzt, Mrs. Martinez.« Sie konnte sehen, daß jeder Tropfen Wasser auf die eine oder andere Weise eigens aus dem Hof heraufgeholt werden mußte. Jede Tasse Tee verlangte Mühe.

»Schade, daß Sie gehen müssen. Ich möchte gern mehr mit Ihnen reden. Wir hätten uns über Frauenprobleme unterhalten können.«

Daisy blieb zwei Stufen weiter unten stehen.

»Aber wenn Sie schon gehen«, sagte Mrs. Martinez, »dann frage ich mich, ob Sie mir einen Gefallen tun könnten.«

»Haben Sie gemeint – «

»Ob Sie mir wohl mit etwas Geld aushelfen könnten, wollte ich fragen.«

»Wieviel brauchen Sie, Mrs. Martinez?«

»Naja, einen Schilling und Sixpence oder zwei Schilling und Sixpence.«

»Was denn nun, wissen Sie das nicht?«

»Nein, ich weiß nicht«, sagte Mrs. Martinez, anscheinend lachend.

»Setzt Sie jemand unter Druck, müssen Sie Schulden zahlen, ist es das?«

Daisy hatte ihre Geldbörse sonst immer in der Innentasche ihrer Jacke, aber heute nicht, weil sie ihr gutes Kostüm trug und auf die Paßform achten mußte. Der Geldbeutel steckte mit dem Schlüssel in der Rocktasche. Sie zog ihn hervor und fischte zwei Schillingstücke heraus. Mrs. Martinez nahm sie gleichgültig und gab eines dem Baby in die Hand.

Als Daisy die Krankenhaussatzung schließlich las, ergab sich, daß ein Empfehlungsschreiben aus der Glaubensgemeinschaft des Bewerbers kommen sollte. »Wieder ein Empfehlungsschreiben, wie alt bist du denn jetzt?« fragte Pater Haggett. Sie befanden sich im Studierzimmer des freudlosen Pfarrhauses. »Siebzehn, also gut, ich werde schreiben, daß du intelligent, arbeitsfreudig, ehrlich und barmherzig bist. Schüttle den Kopf, wenn dir etwas, das ich schreibe, nicht gefällt.« – »Ich weiß nicht, ob ›ehrlich‹ stimmt«, sagte Daisy. »Richtig oder falsch, was weiß man denn, das ist so je nachdem, und ich meine, mit dem Ehrlichsein ist es genauso.« – »Da machst du dir also deine eigenen Regeln«, vermutete Pater Haggett. – »Nein, je nachdem«, versuchte Daisy zu erklären. »Nicht, daß sie sich ändern, aber es kommt drauf an, worauf sie sich beziehen, das ist immer verschieden.« – »Wenn du meinst, ich fange an mit dir zu streiten, dann irrst du dich«, sagte Pater Haggett. »Ich tu dir den Gefallen und bescheinige nicht, daß du ehrlich bist. Sagen wir statt dessen: absolut zuverlässig.«

Die Tür flog auf, und die Haushälterin stand auf der Schwelle und erklärte, der Ochsenschwanz sei gar. »Sie können ihn jetzt heiß oder später kalt essen. Pater Smith war so freundlich, seinen Teil früher zu essen.«

»Ich werde zum Essen befohlen«, meinte Pater Haggett und schrieb noch ein paar Zeilen. – »Das dürfte nicht sein, daß Sie sich von Ihrer Haushälterin so behandeln lassen«, sagte Daisy. – »Du solltest dir den Gedanken abgewöhnen, daß das Leben ein Schlachtfeld ist«, mahnte Pater Haggett. »Eine Schlacht kann man nur durch Betrug und Gewalt gewinnen. Ich werde für dich in deinem neuen Beruf beten. Bete du für mich, Daisy Saunders.« Daisy dankte ihm, und er kramte in seinem Schreibtisch nach einem Briefumschlag.

Das andere unabdingbare Empfehlungsschreiben mußte, wie sie schon befürchtet hatte, vom letzten Arbeitgeber kommen. Sie schrieb dem jungen Mr. Sedley einen Brief. Er antwortete nicht, also ging sie selbst zur Kartonagefirma; sie wußte, daß Sedley die Firma immer gegen halb sieben Uhr verließ, dann kam nämlich der festgemietete Leihwagen, ihn abzuholen. Sedley erkannte sie wieder und fragte, ob sie sich's anders überlegt habe. Sie sagte nein, aber sie brauche ein Zeugnis. Sedley ließ sie wissen, er habe keine Lust, ihr eines zu geben, und sie könnte ihm den Buckel runterrutschen. Er sprang ins Auto und schlug die Tür zu; sie sah zu, wie die Sprungfedern wippten und zitterten, als er sich schwer in die Polster fallen ließ. Da sie bei Sedley kaum Zeit gebraucht hatte, ging sie weiter zur Glasfabrik Lambert. Die Sekretärin im Empfang war eine Freundin. Daisy durfte gleich in die Chefetage gehen. Mit dem alten Mr. Lambert, der sein Glück mit Bitten und Schmeicheln versucht hatte und dessen Phantasien um bestrumpfte Beine kreisten, hatte sie leichteres Spiel. Er hatte Angst, daß sie sich beschweren wollte. »Helfen Sie mir doch, Miss Saunders, wann genau haben Sie uns verlassen?« – »Ich möchte, daß Sie ganz deutlich sagen, daß Miss Saunders zur Zufriedenheit gearbeitet hat und vor vierzehn Tagen aus dem Arbeitsverhältnis ausgeschieden ist.« Sie merkte, wie ihre Entschlossenheit sich in Mitleid auflösen wollte, blieb aber hart. »Tun Sie das nur, Mr. Lambert, und Sie brauchen sich keine Sorgen mehr zu machen, Sie sehen mich dann nie wieder, darauf gebe ich Ihnen mein Ehrenwort.« Der alte Mr. Lambert plagte sich hilflos, die Gedanken festzuhalten, die ihm verschwommen und vage durchs Gedächtnis trieben und immer wieder entglitten. Sein Gesicht hing in schlaffen Kummerfalten, und die Augen tränten. – »Was für eine Stelle ist das, die Sie jetzt haben möchten?« – »Ich möchte Krankenschwester werden.« – Der alte Lambert schien erleichtert. – »Eine Pflegerin! Ach ja, so jemanden brauchen wir alle früher oder später. Sie möchten für andere sorgen, das ist es, nicht wahr?« Daisy sagte: »Ich möchte lernen, wie der menschliche Körper funktioniert und was man mit ihm machen muß, wenn er nicht mehr funktioniert.« – »Ganz falsch, das ist nichts für Sie, das muß man den Ärzten überlassen. Pflegerinnen sollen bestimmt nicht wissen, wie etwas funktioniert. Sie müssen gut zureden, Miss Saunders, gut zureden und sich kümmern und aufmuntern.« – »Das möchte ich nicht«, sagte Daisy. – »Der Geist ist genauso wichtig wie der Körper«, meinte der alte Lambert, der das am Ende vielleicht doch noch verstanden hatte.

Das Blackfriars-Krankenhaus war mit den Empfehlungsschreiben zufrieden, und aus Daisy wurde Saunders. Sieben Wochen lang, bis zu ihrem ersten Examen, war sie nicht einmal Schwesternschülerin. Man legte ihr nahe, sich einen gebrauchten Kirke, ein Paar Schuhe, die ihr eine Nummer zu groß sein sollten, einen Vorrat an Unterwäsche, und falls sie sich zusätzliche Ausgaben leisten könne, möglichst etwas duftende Seife, eine Flasche Kölnisch Wasser und ein Päckchen Kakao oder Kakaomischung anzuschaffen. Der Kirke war ein Handbuch für Pfleger. Daisy las an ihrem letzten Abend in dem Zimmer, das sie mit der Mutter geteilt hatte, in diesem Buch und sah sich die Musterfragen an.

1. Was würden Sie tun, wenn Sie einen unruhigen Patienten beruhigen müßten?

2. Was würden Sie im Fall einer Synkope tun?

3. Darf ein Herzpatient ein Bad nehmen? Wenn nein, warum nicht, und was würden Sie statt dessen vorschlagen?

4. Welche Pflichten haben Sie während der Visite?

5. Wie würden Sie Blutegel setzen? Und wie würden Sie sicherstellen, daß die Egel sich genau an der richtigen Stelle einsaugen? Wie kann man am besten das eine Ende eines Egels vom andern unterscheiden, und wie können Sie den Egel nach der Anwendung zum Erbrechen zwingen, so daß er so bald wie möglich wieder zu verwenden ist?

Als Daisy ankam, führte die vollkommen überarbeitete Leiterin des Schwesternhauses sie zu ihrem Schlafplatz, einem Alkoven mit einem schmalen Doppelbett. Auf dem anderen Bett lag ein Haufen gestrickter Strümpfe, eine Büchse mit Keksen und ein Blechkoffer. Auf dem Koffer stand der Name K. Smith.

»Den ganzen Müll muß sie wegwerfen«, sagte die Leiterin. »Sie können schon mal anfangen. Ziehen Sie Ihren Kittel, die Haube und die Schürze an. Nein, so nicht.« Lernschwestern mußten aufstehen, wenn eine Schulschwester mit ihnen sprach; sie durften die Hände nicht in die Tasche stecken, sich niemals gegen eine Wand oder einen Tisch lehnen, niemals in den Fluren lachen, laufen oder sprechen, und vor allem nie vergessen, einen Arzt oder Medizinstudenten mit ›Sir‹ anzureden. Nur die Damen der Gesellschaft, die Krankenpflege lernen wollten, durften ›Doktor‹ sagen.

Schon diese ersten Vorschriften waren mehr, als Kate Smith, die sich in den Korridoren verlaufen hatte und schließlich doch noch auftauchte, behalten konnte. Sofort fand Daisy in ihr eine Freundin, die Schutz brauchte. Als sie das erste Mal zusammen arbeiteten, mußten sie in einen Krankensaal für Frauen gehen, Daisy sollte den Frauen auf der rechten, Kate denen auf der linken Seite des Saales die Haare zu festen Zöpfen flechten; sie wurden für die Operation vorbereitet. Daisy war zuerst fertig und sah sich nach Kate um.

»Himmel, Kate, was machst du denn mit den Haaren?«

»Bring das für mich in Ordnung, Daisy!«

Und Daisy brachte die Zöpfe schleunigst in Ordnung; das sollte sie noch viele Male tun, nicht ahnend, wie gefährlich Großzügigkeit für den ist, der sie übt.

Zehntes Kapitel
Die Männerstation

Beginn des Arbeitstages: Die gesamte Männerstation dazu bringen, dem Morgen ins Gesicht zu sehen, die Patienten waschen, Wunden frisch verbinden, die Fenster zur Welt eineinhalb Zoll und die auf der windabgewandten Seite sechs Zoll weit öffnen, alle zwei Zoll weniger als während der Nacht. Wenn dann die Gasdüsen brannten, die Bauchoperierten auf dem Rücken, die Apoplektiker auf dem Bauch, die Schädelbrüche auf der Seite und die gebrochenen Gliedmaßen auf Blöcken gebettet waren (oder, ganz hinten im Saal, wo die Blöcke ausgegangen waren, auf Blechschüsseln), wenn die Hustenanfälle gedämpft, die makabre Neugier, die sich an den Kranken hinter den Wandschirmen entzündete, wieder abgewiegelt, wenn der Steak- und Nierenpudding, den Nummer 23 sich heimlich verschafft hatte (um sich vor der Operation zu stärken), ohne Aufhebens wieder weggeräumt war, wenn die Betten alle geglättet, alle weiß, makellos, blank und sauber waren – dann kam ein Augenblick von Gleichgewicht und Harmonie, ein fast unwirklicher Moment, in dem die Schwestern und Schwesternschülerinnen wußten, daß sie Könnerinnen waren. Dann kam eine dunkel gekleidete Gruppe, ein schwarzer Fleck, in den Saal und bewegte sich an den weißen Bettreihen entlang, die einen Augenblick lang tatsächlich die Illusion von Frieden hervorriefen, an der alle so hart gearbeitet hatten; auf einen Hinweis der Oberschwester blieb der Chefarzt bei seiner Visite dann und wann an einem Bett stehen und die Studenten in seinem Gefolge auch. Dann wurde das weiße Bett zu einem Schauplatz von Angst und Schmerzen, Erinnerung an oder Erwartung von Schmerz. Wenn der Chef, die Oberschwester und die Studenten sich wieder in Bewegung setzten, warteten die Schwesternschülerinnen respektvoll ab, bis die Gruppe sich in einer gewissen Entfernung befand, um dann Laken, Kissen und Decken wieder zu glätten und den Patienten zu beruhigen, der nicht nur Angst ausgestanden hatte, sondern nun darunter litt, daß er den für wenige Minuten erworbenen Platz im Zentrum der Aufmerksamkeit in der Männerstation des Blackfriar-Krankenhauses oder vielleicht auf dieser Erde, schon wieder verloren hatte.

Daisy ging mit sich ins Gericht, da sie sich einbildete, niemandem könne so zumute sein wie ihr. Aber den anderen ging es ganz genauso, das kam heraus: Alle Schwesternschülerinnen waren beim Anblick der weißen Betten und der schwarzen Prozession wie von allen guten Geistern verlassen: »Wir drehen noch alle zusammen durch«, vertraute sie Kate an; aber die meinte, so verrückt wie Dr. Sage könnten sie gar nicht werden.

Verrückt war Dr. Sage, der Klinikchef, natürlich nicht, nur verwöhnt. Er liebte den Effekt, und in der abgeschirmten Welt des Krankenhauses war man darauf eingestellt, ihn gewähren zu lassen. Daisy hatte seine Stimme schon vom hintersten Ende der Fieberkrankenstation gehört, lange bevor sie ihn zu Gesicht bekam. »Schwester, merken Sie sich: All das vergossene Blut, das Napoleons kriegerische Ambitionen uns beschert haben, ist nichts im Vergleich zu den Myriaden Menschen, die ins Grab gesunken sind, nur weil sie fälschlich Vertrauen in den Nährwert von Kraftbrühe gesetzt haben. Wer Kraftbrühe trinkt und glaubt, sie spende Kraft, der täuscht sich wie der durstige Wüstenreisende, der die Fata Morgana einer Quelle sieht und auf Wasser hofft. Wirkliches Wasser ist das nicht. So auch die Fleischbrühe; ein Nahrungsmittel ist sie nicht.«

Daisy war mit einem Stapel sauberer Verbände hereingekommen; die Patienten sollten sie aufrollen. Sie hatten nichts zu lesen und nichts zu tun, man mußte sie beschäftigen. Dr. Sage, der seine Rede an die Stationsschwester gerichtet hatte, drehte sich nun um, das Stethoskop noch um den Hals; sein grauer Schnurrbart spreizte sich siegesgewiß. Er wies mit dem Finger auf Daisy; das gehörte zu seinen Repertoirestücken. »Sie da, junge Frau, sind Sie Schwesternschülerin im ersten Jahr?«

Daisy bejahte.

»Und wie heißen Sie?«

»Saunders, Sir.«

»Sie haben gehört, was ich Schwester Morris erklärte?«

»Ja, Sir.«

»Sagen Sie mal: Haben Sie als Kind Kraftbrühe getrunken?«

»Wir haben immer die Brühe von ausgekochten Kuhfüßen getrunken, Sir.«

Der ganze Krankensaal sah zu wie im Theater. Wer konnte, setzte sich auf. Dr. Sage brüllte wütend.

»Bilden Sie sich nur ja nicht ein, daß Sie deshalb am Leben geblieben sind, Saunders!«

Ja, er hatte es ihr gezeigt, und der Saal war zufrieden. Auch wenn sie Daisy gern hatten, weil sie sich in ihren energischen Händen gut aufgehoben fühlten, – daß sie mit einem Doktor gesprochen hatte, war nicht richtig, das hätte sie sich nicht erlauben dürfen, schon gar nicht im ersten Jahr. Die Stationsschwester war bereit, es für diesmal durchgehen zu lassen. Aber Dr. Sage nahm den Eindruck mit – einen abschließenden Eindruck, für mehr hatte er keine Zeit –, daß diese Schwesternschülerin der ersten Pflicht nicht genügt hatte, der Pflicht, die am Anfang jeder Lektion über Elementarphysiologie, Anatomie, Materia Medica und Hygiene genannt wurde: der Pflicht zum absoluten Gehorsam. Saunders hatte ihm nicht widersprochen, aber sie hatte ihm nicht die erwartete Antwort gegeben. Trotzdem traute er ihr zu, daß sie eine gute Krankenschwester werden konnte. Derweil hatten die Patienten Vertrauen zu Dr. Sage, nicht weil er vertrauenswürdig war, sondern weil er neuen Methoden die Stirn bot und weil er allen Patienten, die überhaupt etwas durch den Mund zu sich nehmen konnten, Medizin in großzügig bemessenen Dosen aus ihren eigenen Flaschen verordnete. Unten in der Apotheke, dem Maschinenraum des Krankenhauses, standen in alphabetischer Ordnung aufgereiht *Acetum*- (oder Essig-) und *Aqua*- (oder Wasser-)Präparate, Balsame, Dekokte, Enemata, Essenzen, Glyzerine, Infusionen, Konfekt, Konserven, hypodermische Liquores, Öle, Pepsine, Resinae (Harze), Spiritus, Succi (oder Säfte), Sirup, Thyroidextrakte, Trochisii (oder Pastillen), Unguenta (Salben), Vapores, Vina (oder Weine). In den Krankensälen wurden die Nierenkranken, die in dicken Flanellhemden darauf warteten, daß sie schwitzen konnten, mit Salpeter, Meerzwiebel und Zytisus behandelt. Fieberkranke bekamen alle fünfzehn Minuten einen Tropfen Akonitin mit einem Teelöffel Wasser, dann alle Viertelstunde Antimon. Babies mit Enteritis bekamen Teerwasser und Branntwein. Gallensteine und Leistenbrüche wurden mit Opium behandelt, Lähmungen mit Strychnin, Bandwurm mit Öl oder Wurmfarn (Filixmas). War die Dosierung zu hoch angesetzt, dann gab es dramatische Effekte im öden Patientenalltag. Zuviel Antimon bewirkte Ohnmachten, zuviel Chinin Ohrensausen, zuviel Salicylsäure führte zu Delirien; gab man zuviel Strychnin, konnte der Patient nicht mehr schlucken (und verfiel in heftige Zuckungen); wer zuviel Quecksilber bekommen hatte, fing an zu sabbern; eine Überdosis Jod löste unstillbare Niesanfälle aus; zuviel Antifebrin färbte die Haut rauchblau. Wenn Patienten Karbolsäure einnehmen mußten, wurde ihr Urin olivgrün. Kein Grund zur Aufregung, alle oder fast alle Überdosierungen ließen sich ausgleichen. *Fiat mistura!* Die tollkühnen Mixturen, die Dr. Sage sich ausdachte, waren häufig zur Geschmacksverbesserung auf gut Glück mit Rhabarber, Ingwer und Honig versetzt; sie kamen aus der Tiefe der Giftküche, wo seine Mitarbeiter eifrig wogen und mischten, in grünen und roten Flaschen nach oben in die Hände der Schwestern. Die hielten dann die Flaschen vorschriftsmäßig, wie sie es gelernt hatten (Etikett zuoberst), und schütteten Portionen in die immer sauberen Medizingläser mit den geheimnisvollen Markierungen und Zahlen. Die Patienten schluckten glücklich. Ihre Namen standen auf den Flaschen. Der Doktor hatte ihnen etwas verschrieben.

Elftes Kapitel
Der Fall James Elder

Am 16. Januar 1912 stürzte sich James Elder von der Adelphi-Treppe in die Themse. Trotz des Nebels sah ihn ein Sprottenfischer und hielt ihm den Kopf über Wasser, bis ein Dampfer kam und ihn herausfischte. Man schaffte ihn zum Polizeirevier Waterloo, legte ihn in das Bett, das dort für solche Fälle bereitstand, und leistete Erste Hilfe nach der Sylvester-Methode, bis er transportfähig war und ins Krankenrevier gebracht werden konnte. Aber dann hatte er angefangen zu phantasieren, und sein Zustand schien zu gefährdet für das Krankenrevier. Also hatte die Polizei ihn auf eine Bahre gepackt, Blechwärmflaschen in allen möglichen Größen und Formen um ihn herumgelegt, unter jeden Arm eine und eine zwischen die Beine, und ihn ins Blackfriars geschafft. Als man ihn dort aufgenommen hatte, wartete der Polizist, bis man ihm die Wärmflaschen zurückgab; sie waren Eigentum der Wasserpolizei. Er wollte am Morgen wiederkommen, ein Protokoll aufnehmen und gegebenenfalls Anzeige wegen versuchten Selbstmordes erstatten.

Morgens um zwei Uhr sieben wachte James Elder auf; seinen Namen hatte man aus persönlichen Briefen erfahren, die sich in seiner Tasche fanden. Die Nachtschwester in der Männerstation mußte zwei Frischoperierte versorgen. Sie gab Daisy den Auftrag, sich um Nummer 23 zu kümmern, der unmittelbar vor den beiden aufgenommen worden war. Wer Themsewasser schluckte, infizierte sich oft mit Typhus, aber ob das geschehen war, konnte man erst nach ein paar Tagen feststellen. Nummer 23 erwachte zu halbem Bewußtsein, murmelte vor sich hin und rief »Flo«. Daisy setzte sich an sein Bett und erklärte ihm, daß sie nicht Flo sei, sondern eine Krankenschwester, er sei jetzt im Blackfriars und gut aufgehoben. »Gib mir die Hand, Flo«, sagte er.

»Ich bin nicht Flo«, wiederholte sie, »ich bin Lernschwester hier.«

»Warum habt ihr mich hierhergebracht?«

»Es geht Ihnen nicht gut. Sie haben sich den Kopf angeschlagen und viel schmutziges Wasser geschluckt.«

»Mir blieb nichts anderes übrig. Du weißt doch warum, Flo. Wenn nicht, frag den Rechtsanwalt.«

»Sie müssen jetzt still sein«, sagte Daisy. »Morgen früh können Sie mit Ihrer Familie sprechen.«

»Ich hab' keine Familie. Ich hab' kein Geld. Ich will Sie nicht Schwester nennen. Ich will Sie Miss nennen. Ich will Sie die Ewige Frau nennen. Ist Ihnen das peinlich?«

»Peinlich ist mir gar nichts.« Damit er ruhig wurde und verstand, daß er im Krankenhaus war, maß sie ihm Fieber und stellte das Thermometer dann wieder in das Glas mit Desinfektionsflüssigkeit. Der Patient klagte über Durst und wurde unruhig, als er hörte, er dürfe nichts trinken, erst müsse ihn ein Arzt sehen. Sie kühlte ihm die Stirn mit Eis und hielt ihm die Hand, als er wieder »Flo« rief.

»Was ist denn?«

»Ich muß dir was sagen.«

»Ich bin ja da«, sagte sie.

Nach eineinhalb Jahren hatte sie sich an die Dinge gewöhnt, die Patienten ihr erzählen wollten, vor allem während der Nachtwachen. Nacht und Dunkelheit waren in der Klinik eine isolierte Zeit, fast neuneinhalb Stunden lang so etwas wie Freiheit, die man mit den Schlaflosen teilte, während das kleingedrehte Gas schwach zischend aus den Düsen kam.

»Schwör mir, daß du zuhörst.«

»Ich hör' zu.«

»Ich bin ein Selbstmörder, oder? Deshalb habt ihr mich hierhergebracht. Ein trauriger Fall, eine traurige Verschwendung von brillanten Anlagen. Ja, ich hab den entscheidenden Sprung getan. Ich möchte, daß Sie mir eine Auskunft geben. In allem Ernst und ganz ehrlich: Bitte sagen Sie mir: Steht was über mich in der Zeitung?«

Eruktationen, leichtes Erbrechen, Schleim und Wasser.

»Die Zeitungen werden noch gedruckt, glaube ich.«

»Wieviel Uhr ist es?«

»Vier Uhr zweiunddreißig.«

»Genau zwischen Tau und Tag.«

»Von wegen, wir haben Winter. Hell wird es noch lange nicht.«

»Wenn Morgengrauen ist, steht es dann in den Morgenzeitungen?«

»Ich glaube nicht.«

»Wann sind die denn im Druck?«

»Soll das heißen, Sie haben nur das im Kopf?«

»Ja, nur das.«

»Denken Sie lieber nach, wie Sie wieder gesund werden. Wenn Sie schon keine Familie haben, muß es doch wenigstens Freunde geben«, sagte Daisy.

»Freunde habe ich nicht.«

»Wer ist denn dann Flo?«

»Keine Freundin«. Inzwischen hatte Daisy das Bettlaken abgezogen, und er legte sich zurück, den Kopf etwas zur Seite gedreht, als lausche er, dann fing er wieder an: »Vielleicht liest sie es in der Zeitung. Wenn der Tag anbricht mit Donnerklang, dann sieht sie vielleicht eine Schlagzeile: »SEKRETÄR AUS WAPPING VERSUCHT HAND AN SICH ZU LEGEN«.

»In Wapping gibt es viele Sekretäre«, sagte Daisy. »Wapping ist voll davon.«

»Aber die versuchen nicht alle, sich das Leben zu nehmen.«

»Das Leben gehört Ihnen doch nicht«, meinte Daisy. »Wie kommen Sie auf die Idee?«

»Sie sind wohl kaum dazu da, solche Reden zu führen. Geben Sie mir sofort was zu trinken. Laufen Sie los und kaufen Sie mir eine Morgenzeitung.«

»Meine Arbeitszeit geht bis sieben Uhr früh«, antwortete Daisy, »und Punkt neun Uhr muß ich im Bett sein.«

»Wo ist dein Bett, Flo?«

Die aufsichthabende Nachtschwester kam auf ihrem Rundgang gerade rechtzeitig, um Nummer 23 klagende Stimme zu hören: »Wo ist Ihr Bett? Und wer beschafft mir eine Morgenzeitung? Wer muß die schwere Pflicht auf sich nehmen?«

»Sie brauchen ein sauberes Laken, Saunders.«

»Ja, Schwester.«

Sie gingen zusammen weiter durch den Saal, und im Dienstzimmer fragte die Schwester: »Deliriert er?«

»Es sieht so aus, Schwester. Jedenfalls ist er reizbar.«

»Temperatur 38°, Durst, Erbrechen, delirierend, unruhig, das reicht für den Krankenbericht. Erregbar, also wahrscheinlich kein Typhusfall. Sie können sich eine Tasse Kakao machen.«

Nur nachts durfte das Pflegepersonal die Stationsküche betreten. Sie war, wie die Krankensäle auch, etwa bis Schulterhöhe dunkelgrün gestrichen, von da ab dann cremeweiß. Die Wassertöpfe waren große Kessel. Das war nichts Besonderes und allen bekannt; aber zu Leben erwachte die Küche erst um Mitternacht, wenn die arbeiten mußen, die eigentlich schlafen sollten und wenn Geist und Körper auf dem Tiefpunkt waren.

Als am nächsten Morgen ein Polizist auftauchte und Erkundigungen einziehen wollte, verweigerte die Oberschwester ihm strikt bis auf weiteres den Zugang zum Alexandra-Saal, in dem James Elder lag. Das machte sie immer so, und die Polizei war daran gewöhnt. Auffällig fand der Polizist, daß er diesmal in das Büro der Oberin geschickt wurde und dort hören mußte, das Krankenhaus habe weder die Adresse dieses Patienten, noch sei er zureichend identifiziert. Der Polizist sagte, was im Bericht des Reviers stand, daß Elders Unterwäsche und seine Briefe, die ausschließlich Rechnungen waren, den Schluß zuließen, er gehöre einer gehobenen Schicht an, sei ein Herr.

»Haben die Herren aus den gehobenen Schichten ganz andere Motive als die, die keine Herren sind, wenn sie von der Blackfriars Bridge springen?« fragte die Oberschwester scharf.

»Kann ich nicht sagen«, meinte der Polizist, »irgend jemand springt immer, Oberschwester, das wissen Sie ja. Wir stehen immer auf Abruf bereit zur Wiederbelebung, nach der alten Sylvester-Methode machen wir das.« Die Oberschwester runzelte die Stirn. In diesem Augenblick kam Dr. Sage, ohne Einladung, aber offenbar mit Zeit. »Konstabler«, sagte er mit Verve, »Sie sind hier, weil Ihre Vorgesetzten Sie abkommandiert haben, am Bett eines armen Kerls herumzulungern, der etwas versucht hat, was in diesem Land juristisch noch immer als Verbrechen gilt. Wenn der Mann nun aber mit seinem Versuch Erfolg gehabt hätte, wären Sie dann auch mit der aufgequollenen stinkenden Leiche vor Gericht gezogen und hätten eine Untersuchung beantragt? Wären das Ihre Instruktionen gewesen?« Der Polizist sagte, die Oberschwester habe ihm vorläufig noch gar keine Erlaubnis gegeben, am Bett herumzulungern, aber das Revier bitte um Nachricht, falls Elder entlassen werde.

»Das liegt ganz in unserer Hand«, sagte Dr. Sage und hielt seine beiden Hände hoch, wie um zu beweisen, daß sie noch da waren. Der Polizist verabschiedete sich und meinte im Hinausgehen, nach seiner Erfahrung erholten sich derartige Fälle meistens gut, wenn man sie in Ruhe lasse und mit Kraftbrühe versorge.

Am nächsten Tag wußte James Elder nicht mehr, daß er gesagt hatte, er wohne in Wapping. Die Briefumschläge in seiner Tasche trugen einen Namen, aber keine Adresse. Freunde oder Verwandte zeigten sich nicht. In den Zeitungen stand nichts über ihn, zumindest war niemandem in der Klinik etwas aufgefallen, der Zeit zu einem Blick in die Zeitung gefunden hatte. Die Oberschwester nahm die *Morning Post*, die Ärzte überflogen die *Times*, behaupteten sie jedenfalls, die Praktikanten lasen die *Daily Mail*, und in der Küche lagen Exemplare der *Tit-Bits*, der *Police Gazette* und der Lokalzeitung, die dreimal die Woche erschien. In den Krankensälen waren Zeitungen nicht erlaubt.

Dr. Sage verordnete Nummer 23 Milch und Soda gemischt mit Alkohol und Ammoniak zur Stimulierung und Eisentropfen gegen Anämie. »Sie werden wir nicht lange behalten«, sagte er mit der Stimme, die so häufig beruhigend wirkte. Aber James Elder verweigerte jede Nahrungs- und Flüssigkeitsaufnahme, und weil sein Magen schon leer gewesen war, als er eingewiesen wurde, ging es ihm sehr schlecht. – Sprechen Sie mit ihm, passen Sie einen günstigen Moment ab, machen Sie ihm klar, daß es nur gut für ihn ist, überreden Sie ihn. – Daisy mußte diese Aufgabe übernehmen: Versuchen Sie Ihr Glück bei ihm, Saunders. Energisch sein, beruhigen, lächeln – nicht aufgeben. Er erkannte ihre Stimme, sein Gedächtnis spitzte die Ohren. Sie hatten Dienst, Sie sollten mir die Zeitung holen. – Daisy hatte den Auftrag, ihm ein Glas warme Milch anzubieten, das tat sie auch, aber insgeheim hatte sie das sichere Gefühl, kein Mensch könne einem anderen Vertrauen mit warmer Milch einflößen, auf der sich schon eine Haut bildete. Sofort wurde sie zu einem Feind, weil sie ihm die Zeitung vorenthalten oder zerrissen hatte oder weil sie zu primitiv war, Gedrucktes zu verstehen. »Da stand: MUTIGER SELBSTMORDVERSUCH. Haben Sie denn nicht lesen gelernt?«

»Wir sind alle etwas langsam hier«, sagte Daisy. »Sie sind uns leid, Sie brauchen Besuch. Wir könnten jemandem telegraphieren.«

Er sagte nichts.

»Sie haben von einer Flo gesprochen. War das Flora, oder hieß sie Florence?«

»Ziege.«

»Ich komme mit meiner Nummer 23 keinen Schritt weiter«, erzählte Daisy Kate.

»Weißt du nicht mehr weiter mit ihm?«

»Ich weiß mit der ganzen Station nicht mehr weiter«, gab Daisy zu. »Am Mittwoch habe ich einen von meinen sechs freien Halbtagen. Wenn einer von denen die Frechheit hat und stirbt, während ich weg bin, dann bekommt er's mit mir zu tun; dann wird es ihm noch leid tun, daß er überhaupt geboren ist; der kann was erleben.«

Zweieinhalb Tage danach hatte James Elder immer noch nichts durch den Mund zu sich genommen. Er lag nun hinter einem Schirm und bot wunderbaren Unterhaltungsstoff für die anderen Patienten, die annahmen, weil man ihn nicht sehen konnte, könne er auch nicht hören, was sie sagten. Essen war für alle Patienten von höchstem Interesse, solange sie nicht im Sterben lagen. Der Doktor mußte doch Nummer 23 irgendwie mit Nahrung versorgen, wenn nicht von vorn, dann eben von hinten.

Dr. Sage war zwar nicht zimperlich beim Verschreiben, aber Zwangsernährung lehnte er kompromißlos ab. »Man erklärt mir, bei Verrückten und bei Frauen, die das Wahlrecht haben wollen, sei es legal. Was halten Sie davon Schwester, und Sie, Nurse, wie wär's damit? Zwei Wochen Haftverschärfung, dritter Grad vielleicht, Hungerstreik, Eiserne Maulsperre, Stopftrichter? Sie wollen mir erzählen, das hat mit anständiger Krankenhauspraxis nichts zu tun.

Von wegen, da gibt es alle möglichen Tricks. Ich habe gesehen, wie in der Kinderstation die kleinen Biester mit Rhizinusöl eingerieben werden, weil die Schwestern hoffen, daß etwas davon durch die Haut eindringt und dann nährend wirkt. Aber ich sage, jeder Mensch, ob Mann, ob Frau, ob Kind oder Verrückter, jeder hat das Recht, selbst zu entscheiden, ob er weiterleben will oder nicht. Und findet mir nur einen Mann, eine Frau oder ein Kind in dem kleinen Kapitel, will sagen, in der langen bunten Geschichte der Medizin, einen einzigen Menschen, der nicht weiß, ob er hungrig ist oder nicht.«

Nach Meinung der Oberschwester, die sie nur ihrer Stellvertreterin anvertraute, war es ein Segen, daß Dr. Sage nicht vierundzwanzig Stunden am Tag im Dienst sein konnte.

Beide wußten, daß Dr. Sage, der Facharzt für psychische Krankheiten war, irgendwo auf dem Land mit anderen zusammen eine Nervenheilanstalt leitete. Weil er überzeugt war, daß man die Worte von Kindern und Geisteskranken ebenso ernst nehmen müsse wie jede andere Aussage, brauchte er einen Ort in sicherer Entfernung von London, wo er sich seine sorgfältigen Notizen machen konnte, ohne sozusagen in Person aufzutreten.

»Daß er das Frauenwahlrecht unterstützt, wundert mich aber«, sagte die stellvertretende Oberschwester.

»Das tut er ja nicht. Wenn es nach ihm ginge, hätte überhaupt niemand Wahlrecht.«

Zwölftes Kapitel
Kelly

Am Mittwoch, als sie nur den halben Tag arbeiten mußte, ging Daisy in Tuchmantel und Baskenmütze zum Fluß hinunter. Noch aus Kindertagen kannte sie die Stimmen des

Flusses, auch die unfreundlichen, und sie fehlten ihr, seit sie nicht mehr zweimal täglich über die Brücke ging. Sie gestattete sich nur zwei Minuten am Wasser, gerade genug, um einen großen Lastkahn vorbeiziehen zu sehen, dann ging sie weiter zur Stadtbücherei. Die Bücherei war mit dem öffentlichen Waschhaus durch die städtischen Heißluft-Desinfektionsanstalten verbunden, in denen Bücher nach einer Epidemie desinfiziert und alte Kleider ausgekocht werden konnten, bevor sie an die Armen verteilt wurden. Die drei langgestreckten niedrigen Gebäude trugen ihre Namen in weißen Buchstaben auf den grauen und roten Backsteinmauern und boten ein eindrucksvolles Bild zwanghafter innerer und äußerer Reinlichkeit.

In dem vollbesetzten Lesesaal der Bücherei saß ein alter Mann über einen Stapel der *Blackfriars, Vauxhall and Temple Gazette* gebeugt; die heiße, nach Metall riechende Luft des Heizkörpers hatte ihn so müde gemacht, daß er vor sich hindöste und beinah mit seinem Stuhl verwachsen schien.

»Entschuldigung, könnte ich diese Zeitungen einen Augenblick haben? Ich gebe sie Ihnen gleich wieder zurück«, sagte Daisy.

»Aber wenn ich nich' lese, schmeißen die mich hier raus«, jammerte er.

»Wenn die nur ein Wort davon zu Ihnen sagen, mach' ich Krach«, brummte Daisy, während sie die Zeitungen überflog; die erste hatte sie schon halb durchgesehen.

»So darf man nich' mit denen reden, die haben hier die Macht.«

»Ich rede aber so mit denen.«

Die Zeitung hatte nur drei Nachrichtenseiten. Die neueste Ausgabe brachte als Aufmacher die Kampagne der Stadtverwaltung für die Installation von Wasserklosetts in städtischen Gebäuden, berichtete dann über Hochzeiten in ihrem Einzugsbereich, über die Jahresversammlung der Oddfellows mit Festessen und mehrstimmigem Chorsingen und hatte schließlich noch eine Geschichte (mit Photo) zu bieten, in der erzählt wurde, wie ein Katzenjunges bei einer Explosion quer durchs Zimmer geflogen, aber danach sicher in einem Damenhut gelandet war, den die Vorsehung an der richtigen Stelle plaziert hatte. Geschichte und Bild stammten angeblich von einem Leser.

Daisy waren die Büros kleiner Zeitungen von ihrer Stellensuche her wohlvertraut, obwohl sie seit dem Tod ihrer Mutter keine Anzeige mehr aufgegeben hatte. Sie kannte den Weg in den Oberstock, über abgetretenes Linoleum, durch einen engen Durchgang zwischen Stapeln alter Zeitungen, die darauf warteten, daß die Altpapierhändler sie abholten. Sie öffnete eine Milchglastür und sagte sofort: »Fragen Sie mich nicht, ob ich eine Annonce aufgeben will. Ich möchte den Redakteur sprechen.«

Im Zimmer waren zwei Männer, einer wesentlich älter als der andere, und ein Laufbursche, der gerade seinen Mantel vom Haken nahm. Die Männer sahen kurz zur Tür, als Daisy hereinkam, und erkannten mit einem Blick, daß sie hübsch, aber keine Dame war. Also brauchte man nicht aufzustehen und mußte auch nicht aufhören zu rauchen. Der jüngere Mann streckte ein Bein aus und schob mit der Fußspitze einen Stuhl in Daisys Richtung.

»Setz dich, Mädchen, und mach nicht so viel Wind.«

»Sie haben leicht reden«, sagte Daisy und setzte sich, »aber für mich ist das nicht so einfach. Ich wollte Sie was fragen. Aber ich habe meine Zeit nicht gestohlen.«

Der Laufbursche setzte sich die Mütze auf. Den Mantel hatte er schon an, wie seine Arbeitgeber auch, weil es elend kalt im Büro war. Er griff sich einen Stapel Briefumschläge und ging. So klein war der Raum, daß eine Person weniger einen deutlichen Unterschied machte, und einen Augenblick lang herrschte Schweigen. Daisy fing noch einmal an: »Ich möchte, daß Sie einen Absatz einrücken, eine Nachricht von einem Mann, der vor ein paar Tagen versucht hat, Selbstmord zu begehen, aber er wurde gerettet und wieder zum Leben gebracht.« Beim Reden wurde ihr klar, daß sie sich eigentlich gar nicht vorher überlegt hatte, was sie sagen wollte. »Er sagt, er heißt James Elder.«

»Das kann ja jeder sagen«, meinte der ältere Mann. »Wahrscheinlich kommt dann raus, daß er Younger heißt.« Er sank zurück in graue Unaufmerksamkeit und spielte mit dem Leimtopf.

»Na gut, also James Elder versuchte Selbstmord zu begehen«, nahm der Redakteur den Faden wieder auf. »Hat er was geschluckt?«

»Nein, das nicht. Er hat sich von den Adelphi-Stufen gestürzt.«

»Und ist nicht untergegangen. Na so was.«

»Er wurde herausgezogen. Das hab' ich doch schon gesagt.« Daisy war erschöpft und wurde scharf.

»Sind Sie eine Verwandte?« fragte der ältere Mann.

»Nein, bin ich nicht.«

»Nur nicht die Hoffnung aufgeben, Süße, wenn noch alles an ihm heil ist, macht er's vielleicht doch noch mit Ihnen.«

Der Redakteur setzte sich gerade hin. »Die Geschichte können wir nicht brauchen. Zweiundzwanzigmal im Jahr springen Leute von den Stufen in die Themse, und für ertrunkene Männer interessieren die Leser sich nicht, höchstens für ertrunkene Frauen. In den Lokalteil paßt das auch nicht.«

»Doch, da paßt es. Er liegt im Blackfriars. Er will nicht essen, er will sich da zu Tode hungern.«

»Spricht er?«

»Nicht viel.«

Der Redakteur wippte mit seinem Stuhl auf und ab und konnte ihn einen Moment auf einem Bein in der Schwebe halten. Dann sagte er: »Ich bin Thomas Kelly.« Der ältere Mann murmelte: »Und ich Sweedon.«

»Ich bin Daisy Saunders.«

»Was steckt dahinter, Daisy?«

»Gar nichts«, schrie sie auf. »Ich habe Ihnen eine Geschichte für Ihre Zeitung gebracht, die ist besser als der ganze Mist von Kätzchen und Hüten, und wenn Sie nicht so blöd wären, würden Sie das auch selbst sehen.«

»Wir bringen oft was über Blackfriars«, sagte Kelly. »Wenn in dem Krankenhaus was passiert, also wenn die Doktoren ein paar Beine zuviel absägen, dann habe ich da jemanden, der uns einen Tip gibt. Aber von deinem James Elder habe ich nichts gehört. Wissen möchte ich, wie kommst du zu der Geschichte?«

»Was macht das für einen Unterschied?«

»Bleibst du dabei, daß du nicht mit ihm verwandt bist?«

»Ja, ich kenne ihn ja kaum!«

»Was hättest du dann davon, wenn wir es drucken?«

Daisy antwortete vorsichtig: »Ich? Überhaupt nichts. Vielleicht hätte er was davon. Er ist nicht ganz richtig im Kopf. Ich glaube, das ist das einzige, was ihn noch interessiert. Und deshalb –«

»Du bist Krankenschwester im Blackfriars, stimmt's?«

»Nein, bin ich nicht. Sehe ich vielleicht aus wie eine Krankenschwester?«

»Ja, das tust du, ehrlich gesagt.«

Daisy saß ganz still, die Hände im Schoß gefaltet.

»Was ich gesagt habe, ist wahr. Ich bin keine Krankenschwester, ich bin Pflegeschülerin im zweiten Jahr.«

»Das ist doch dasselbe. Du pflegst diesen Witzbold, oder? Du stehst doch unter Schweigepflicht, du darfst die vertraulichen Details deiner Fälle um keinen Preis ausplaudern, außer vor Gericht.«

»Dann werden Sie aber doch nicht über ihn schreiben«, sagte Daisy. »Ich habe Sie direkt gefragt, und Sie wollten nicht.«

»Ich habe gar nichts dazu gesagt, weder ja noch nein«, meinte Kelly und klopfte sich mit einem Stift gegen die Zähne. »Was machst du denn jetzt als nächstes?«

»Ich suche mir einen anderen Redakteur«, antwortete Daisy und stand auf. »Auf der anderen Flußseite finde ich die wie Sand am Meer. In Südlondon gibt's Wochenzeitungen massenweise.«

»Jetzt sitzt du in der Tinte«, sagte Kelly, »das war nicht besonders schlau, hierherzukommen.« Man hatte sie nicht aufgefordert, den Mantel abzulegen, als sie hereingekommen war, was sich jetzt bei ihrem plötzlichen Aufbruch als Segen erwies. Im Treppenhaus begegnete ihr der Laufbursche, der von der Post zurückkam. Sie konnten sich nur mit Mühe aneinander vorbeizwängen. Der Bursche sah sie an und fragte, ob mit ihr alles in Ordnung sei. Sie sagte ja.

Im Jahr 1911 hatte die *Aerated Bread Company* im Oberstock ihrer Tee-Stuben ein Damenzimmer eingerichtet. In London begann man nämlich allmählich die Tatsache anzuerkennen, daß es inzwischen viele arbeitende Frauen gab, die auch manchmal in Frieden irgendwo sitzen und das selbstverdiente Geld ausgeben wollten, auch wenn es vielleicht nur für eine Scheibe Toast reichte. Wenn man nicht genug Zeit für die *ABC* hatte, mußte man zu einem Tee- und Kaffeestand gehen, und Daisy kannte einen in der Nähe des Wagenparks in der übernächsten Straße. Als sie dort war und ihr Portemonnaie aus der Tasche zog, stellte sich jemand neben sie und legte einen Penny auf die Theke, bevor sie ihr Geld hervorgekramt hatte. Sein Penny lag unter ihrem. Der Geber war der Redakteur der *Blackfriars, Vauxhall and Temple Gazette*. Angetan mit Melone und kariertem Anzug, eines wie das andere schmuddelig und auffallend zugleich, stand er da und sagte: »Dies ist die falsche Richtung, wenn du nach Southwark willst.«

»Dahin gehe ich nicht, das wissen Sie auch.«

»Ich gehe ein Stück mit dir. Ich weiß nicht, im Büro habe ich mich vielleicht nicht von meiner besten Seite gezeigt.«

»Ihre beste Seite kenne ich nicht«, sagte Daisy. »Sind Sie mir deshalb nachgegangen?«

»Irgendwas hat mich gereizt«, gab er zu. »Passiert nicht oft, daß eine junge Frau allein zu uns kommt.«

»Dann haben Sie den armen Mr. Sweedon mit der Arbeit sitzen lassen?«

»Viel zu tun ist nicht mehr, nur die Klebearbeit. Zwei zu eins, daß er inzwischen in der nächsten Kneipe sitzt und einen hebt. Wenn ich nicht so eine Seele von Mensch wäre, hätte ich ihn längst rausgeschmissen.«

»Dann gehört die Zeitung Ihnen?«

»Geben Sie ihr noch einen Tee«, rief Kelly dem Mann im Kiosk zu. – »Nein, sie gehört den Druckereibesitzern.«

»Dann liegt die Menschlichkeit bei denen«, korrigierte Daisy. »Nein, danke, ich möchte nichts mehr.«

Sie gingen zusammen über die Blackfriars-Brücke, wo der Lärm der Pferdewagen die Motorengeräusche der Autobusse übertönte. »Du machst mich unsicher«, nahm Kelly den Faden wieder auf. »Ich habe dich nur gefragt, was du von mir denkst.«

»Zuerst müssen Sie mir etwas erklären. Warum haben Sie mir keine klare Antwort auf meine klare Frage gegeben, als ich hereinkam?«

»Das habe ich mir so angewöhnt, und ich fand es einen Akt von Freundlichkeit, dich zur Ordnung zu rufen.«

»Ach, ich habe nur gedacht: Der Mann tut mir leid,

wenn er jetzt schon so ist, wie wird er erst in zehn Jahren sein?«

»In zehn Jahren, das kann ich dir sagen – tot werde ich dann sein«, sagte Kelly grämlich.

»Wie kommen Sie darauf? Sie sehen doch ganz gesund aus.«

»Trotzdem – wenn die Vettern nicht bald aufhören mit ihrem Streit, muß ich wohl mein Leben für das liebe Vaterland lassen. Ich gehöre zum Heimatschutz.« Sie starrte ihn verständnislos an. »Hast du nicht gewußt, daß der König einen deutschen Vetter hat?«

»Ich lese nicht viel Zeitung.«

Er hielt sie am Ellenbogen. Ein Passant mochte sie für Freunde halten. »Halten Sie mich nicht so fest, ich krieg' leicht blaue Flecken«, sagte Daisy. Sie blieb vor einem rußigen Gebäude stehen, das durch Eisengitter und ein paar Steinplatten voller Vogeldreck gegen den Bürgersteig abgesetzt lag. »Ich gehe da hinein.«

»Das kannst du nicht, das ist doch eine Kirche.«

»Na und, ich gehe eben in die Kirche.«

»Wozu denn? Wenn du mich loswerden willst, kannst du es auch einfacher haben«, rief er.

»Was haben Sie dagegen, daß man in eine Kirche geht?«

»Es kann doch nicht sein, daß du das alles glaubst«, schrie Kelly in ehrlicher Sorge. »Das ist doch bloß erfunden, damit du stillhältst, und dein Geld nehmen sie dir dazu noch ab. Du bist doch nicht dumm, eine Krankenschwester läßt sich doch nichts vormachen, du kannst doch nicht glauben, daß da oben ein Gott Buch über alles führt, was du tust. Du kannst doch nicht glauben, daß es einen Jesus gegeben hat, der mal kurz Brot in Fisch verwandelte.« Er nahm den Hut ab, steckte sich die Zigarette hinters Ohr und folgte Daisy durch das Hauptportal und die grünen Filzvorhänge vor der Innentür, die im rechten Winkel zum Eingang stand. Die

Kerzen für die Abendvesper brannten. »Alles, was hier drin veranstaltet wird, ist so verdammt nutzlos«, flüsterte Kelly heiser. »Nicht die Bohne gebe ich dafür.«

»Sie brauchen nicht zu flüstern; es reicht, wenn Sie leise sprechen.«

Ein Kirchendiener kam aus der Sakristei und öffnete ein Türchen in einer der Säulen, die eine Nachbildung der Säulen von San Miniato aus dem Jahr 1876 waren. Innen in der Säule befand sich ein Schrank, aus dem der Mesner Besen, Kehrschaufel und Handfeger nahm; dann begann er das Kirchenschiff zu putzen.

»Siehst du, genau das meine ich«, schimpfte Kelly und drehte sich zu ihr um. »Du bist überhaupt nicht fromm. Eine Lügnerin bist du.«

Dreizehntes Kapitel
Daisy verläßt London

Als Daisy im Krankenhaus ankam (ihr Dienst begann um sechs Uhr), sah sie, daß die Wandschirme am Bett Nummer 23 im Alexandra-Saal weggeräumt waren. James Elder war im Lauf des Nachmittags entlassen worden. Eine Frau in mittleren Jahren, die ihren Namen mit Floreen Harris angab, war zu Besuch gekommen, hatte mit dem diensthabenden Stationsarzt und der Sekretärin gesprochen, die erforderlichen Papiere unterzeichnet und Elder in einem Taxi mitgenommen.

Am übernächsten Tag, einem Freitag, brachte die *Blackfriars, Vauxhall and Temple Gazette* auf ihrer Lokalseite die Schlagzeile: DAS MYSTERIUM DES BARMHERZIGEN ENGELS. Der Absatz darunter berichtete von James Elder, Adresse unbekannt, zur Zeit im Blackfriars an der Schwelle des Todes. Seine Geschichte sei der Gazette exklusiv zur

Kenntnis gebracht worden, von einer liebenswürdigen Informantin, deren Interesse an dem leidenden Mann unverkennbar gewesen sei trotz ihrer Bemühung, die Besorgnis um ihn zu verbergen; das biete Anlaß zu dem Verdacht, sie gehöre zum Pflegepersonal der Klinik. Während des ganzen Interviews sei sie jedoch dicht verschleiert gewesen, schrieb die Zeitung.

Als man Daisy ins Büro der Oberschwester rief, lag die *Gazette* aufgeschlagen auf dem Schreibtisch, so daß sie die auf dem Kopf stehende Schlagzeile lesen konnte: DAS MYSTERIUM DES BARMHERZIGEN ENGELS. Als die Oberschwester die Zeitung umdrehte, konnte sie in aller Eile auch den Rest des Textes lesen.

»Nun, Saunders?«

»Ich hätte nie gedacht, daß er das macht.«

»Ich verstehe nicht ganz. Sie leugnen nicht, daß Sie Informationen über einen Patienten weitergegeben haben – einen Patienten, den man Ihnen eigens anvertraut hatte, aber darum geht es hier nicht – Sie haben Informationen über ihn an eine Zeitung gegeben. Und jetzt erzählen Sie mir, Sie hätten nicht damit gerechnet, daß das veröffentlicht wird.«

»Zuerst habe ich es erwartet. Dann nicht mehr. Ich bin in das Büro gegangen. Ich war nicht dicht verschleiert, ich hatte überhaupt keinen Schleier.«

»Warum sind Sie dorthin gegangen, Saunders?«

»Ich dachte, es wäre gut für den Patienten, wenn er was über sich in der Zeitung fände.«

»Haben Sie geglaubt, damit einen Auftrag des Arztes zu erfüllen?«

»Nein, Frau Oberin.«

»Hat er Ihnen besondere Instruktionen in dieser Richtung gegeben?«

»Nein, Frau Oberin, das nicht«.

»Sie sind jetzt fast zwei Jahre lang in diesem Krankenhaus zum Denken angeleitet worden, aber nicht dazu, daß Sie denken, Sie wüßten selbst am besten, was zu tun ist. Nach allen Berichten haben Sie sehr gute Arbeit geleistet. Trotzdem können Sie Ihre Ausbildung nicht erfolgreich beenden. Wie kommt das?«

Man machte ihr klar, daß sie innerhalb einer Woche gehen müsse. Das war ein Zugeständnis, weil bekannt war, daß Daisy kein Zuhause hatte. Kate Smith und ein paar andere Pflegeschülerinnen im zweiten Jahr – nicht alle, manche waren vorsichtig – kauften ein Abschiedsgeschenk für sie. Viel Zeit blieb nicht, und sie mußten sich mit einem Salz- und Pfefferspender für die Reise zufriedengeben, aus Porzellan; er war angeblich neu und verziert mit einem Bild von der Krönung Georges des Fünften. Daisy war dankbar. Schande ist ansteckend, auch wenn alle Nichtbetroffenen sich dadurch etwas sicherer fühlen können.

Als sie ihre Uniform und Schürze in die Kleiderkammer zurückbrachte, wurde ihr ausgerichtet, jemand vom Küchenpersonal wolle sie noch sehen, bevor sie gehe.

Es war eine kleine dunkle Frau in einer viel zu großen Schürze. »Sie erinnern sich. Ich bin Mrs. Martinez. Sie lassen mich nicht zur Krankenpflege zu. Ich habe Arbeit in der Krankenhausküche angenommen.«

»Wie geht's dem Kleinen, Mrs. Martinez?«

»Fragt immer nach Ihnen.« Das klang unwahrscheinlich. »Ich habe immer noch die zwei Schilling von Ihnen. Nicht weil ich arm war, habe ich Sie darum gebeten. Ich habe das Geld haben wollen, weil man jemanden, der sich Geld geliehen hat, nicht vergißt, und ich will nicht, daß Sie mich vergessen.«

»Lieber wollte ich, daß alle mich vergessen«, sagte Daisy und küßte Mrs. Martinez, die fragte, wohin sie gehe.

»Ich gehe nach Cambridge. Viel Hoffung habe ich nicht,

aber ich weiß nicht, was ich sonst tun könnte. Dr. Sage hat eine Privatklinik ganz in der Nähe von Cambridge. Dort ist er, wenn er nicht hier arbeitet, also mittwochs und samstags. Seine Adresse habe ich aus dem Aufnahmebüro. Ich will mir eine Tagesrückfahrkarte nehmen und fragen, ob er Zeit für mich hat.«

»Oh, aber der ist sehr verdreht«, sagte Mrs. Martinez. »Einmal hat er die Fleischbrühe durch die Gegend geworfen.«

»Gehen Sie lieber wieder in die Küche. Lassen Sie sich hier nicht erwischen.«

»Sie müssen's ja wissen«, meinte Mrs. Martinez.

Die beste Verbindung nach Cambridge hatte man von King's Cross. Daisy fuhr von Liverpool Street, weil es billiger war. Sie war kaum je aus London herausgekommen. Sie und ihre Mutter waren nie nach Hastings zu dem Haus gefahren – das hatte man dem Rechtsanwalt überlassen – freilich, wäre sie damals schon fast neunzehn gewesen, so wie jetzt, dann würde sie die Sache vermutlich anders angefaßt haben. Zweimal hatte sie einen Schulausflug an die See gemacht. Einmal, bei einem Ausflug nach Southend, waren sie bis zur Dunkelheit geblieben und mit Booten gefahren, die mit japanischen Lampions geschmückt waren. Lichter und Farben spiegelten sich in den leise schlagenden dunklen Wellen. Die Boys' Brigade spielte am Ufer. Die Klänge zogen übers Wasser, als wollten sie sich darauf niederlassen.

Als sie sich anschickte, im rußgeschwärzten Bahnhof Liverpool Street eine Fahrkarte zu kaufen, dachte sie: ›Stell dir vor, es wiederholt sich. Der alte Trick, dasselbe Spielchen. Nicht umsehen.‹ Jemand berührte sie, und eine Hand legte eine Halfcrown auf ihre Halfcrown. »Himmel, das kann doch nicht wieder Kelly sein«, sagte sie, drehte sich aber immer noch nicht um. »Diesmal sind Sie reingefallen. Ich fahre aus der Stadt.«

»Das weiß ich. Du fährst nach Cambridge. Ich habe dir doch erzählt, ich habe jemanden vom Küchenpersonal in Blackfriars an der Hand; daher habe ich den Tip.«

»Von der Küche haben Sie nichts gesagt, glaube ich«, meinte Daisy. Sie nahm ihre Fahrkarte und wandte sich zum Gehen. »Wird wohl jemand sein, der sich etwas dazuverdienen möchte, wie wir alle.«

»Ich komme mit nach Cambridge.« Kelly watschelte wie ein Varieté-Clown hinter ihr her. »Kennst du dich aus in der Stadt?«

»Überhaupt nicht.«

»Gut, gut, dann passe ich also auf dich auf, damit dir nichts passiert.«

»Das soll der Grund sein?«

In der Liverpool Street brannten noch Gaslaternen, und im grünlichen Gaslicht sah Kelly schäbig und abgewetzt aus – wie alt mochte er sein? –, aber er fühlte sich noch immer zu munteren Späßen verpflichtet.

»Nein. Ich komme mit, weil ich ganz zerfressen vor Reue bin, daß du meinetwegen einen Job verloren hast. Übrigens, ich habe den Artikel nicht geschrieben, das war Sweedon.«

»Ist das wahr?«

»Nein. Sweedon kann gar nicht schreiben. Er hat schon Mühe mit seinen Pfandscheinen fürs Leihhaus. Ich habe ihn gedichtet, hatte Pfiff, was? Wo ist deine Tasche?«

»In der Gepäckaufbewahrung. Wenn Dr. Sage mir einen Schlafplatz gibt, lasse ich mir das Gepäck von der Bahn schicken. Halten Sie mich jetzt nicht auf, Kelly, mein Zug geht in fünf Minuten.«

»Frauen meinen immer, der Zug geht in fünf Minuten. Züge halten sich aber an Fahrpläne.«

Daisy musterte ihn von oben bis unten.

Er sagte aber noch mehr und zwar ganz und gar nicht so, als sei es das erste Mal: »Ich kenne ein Hotel in Cambridge, ganz nahe am Bahnhof.«

»Wo sie keine Fragen stellen, und wenn doch, dann fragen sie vielleicht mich: ›Wo haben Sie bloß diesen miesen Kerl aufgegabelt? Warum kommen Sie mit dem?‹«

Kelly wirkte betroffen. Dann erholte er sich und sagte: »Das wäre ja wohl nicht das erste Mal für dich, oder?« – »Als ich einfach so in Ihr Büro kam, haben Sie wohl gedacht, ich bin leicht zu haben.« – »Gedacht habe ich, daß du ganz übel in der Klemme sitzt. Daß eine Krankenpflegerin hinter den Patienten her ist, hat mich nicht überrascht. Was hätten sie sonst von der Klinik? Aber ich habe mir gedacht, bei dir muß mehr dahinterstecken als die normale Neigung zu Männern, wenn du für diesen James Elder riskierst, deinen Job zu verlieren.« – »Das wollte ich ja gar nicht«, sagte Daisy. »Ich mache die Pflegearbeit gern.« – »Aber einen Mann brauchst du jedenfalls. Ich meine irgendeinen Mann. Und das bin ich, Süße, irgendein Mann. Ich kümmere mich um dich, Daisy Saunders. Heiraten werde ich dich nicht, das ist nicht meine Art, abgesehen davon, daß ich schon verheiratet bin, aber kümmern will ich mich, ich besorg's dir.« – »Sie meinen, Sie bezahlen für eine Nacht in einem Hotel, wo man keine Fragen stellt.« Daisys Augen standen voll Tränen.

»Zwei Nächte, Daisy, auch drei. Du brauchst Zeit, dich dran zu gewöhnen. Was bleibt dir anderes übrig? Ich kann mir nicht denken, daß dich sonst noch einer will. Aber ich will dich, Daisy Saunders. Es ist ganz einfach. Du brauchst nur ein paar Whiskies.«

»Ich trinke nicht«, meinte Daisy.

»Ist das wahr?«

»Nein«, gab Daisy zu. »Aber Whisky hab ich noch nie getrunken.«

Sie bedauerte sich und ihn.

»Also, dann kommen Sie eben mit. Sie haben genauso wenig Ahnung von Cambridge wie ich, glaube ich, aber ich kann Sie ja doch nicht davon abbringen, wie denn.«

Er legte ihr den Arm um die Taille und fummelte an ihr herum. Was sind wir für ein Paar, dachte sie. Aber was Besseres hat er nicht verdient, ich ja auch nicht.

Dritter Teil

Vierzehntes Kapitel
Daisys Ortswechsel ist kein Geheimnis

Fred schob die beiden Blätter Schreibpapier zu den anderen angefangenen nicht abgeschickten Briefen an die *Liebe Miss Saunders*; er konnte sich nicht dazu überwinden, sie wegzuwerfen; daran hinderte ihn eine feste Überzeugung – jedenfalls ein Motiv, das mehr war als purer Aberglauben –, die mit seinem rationalen Selbst ganz unvereinbar war. Diese Überzeugung besagte, daß er in dem Augenblick, in dem er seine unfertigen Entwürfe vernichtete, zugleich die Chance zerstörte, überhaupt je einen Brief zustande zu bringen. Was in den Briefen stehen sollte, war schon entschieden. Er hätte schon den ersten schreiben, er hätte jeden jederzeit zum Abschluß bringen können. Seit er Daisy etwa eine halbe Stunde lang aus der Nähe gesehen hatte – zugegeben, sehr klar waren seine Augen vielleicht nicht gewesen –, seit er neunmal das Wort an sie gerichtet und acht Antworten bekommen hatte – die konnte er noch Wort für Wort wiederholen –, seitdem wußte er, daß er sie heiraten mußte. So gesehen, war die Sache klar, und alle weiteren Worte erübrigten sich.

Man mußte sobald wie möglich mit Professor Flowerdew sprechen. Der Professor hatte kein Wort des Bedauerns über Freds Unfall verloren, er hatte sich überhaupt nicht dazu geäußert, weil er gar nichts davon wußte. Er war in Wien gewesen und hatte die ersten Tage des Semesters verpaßt. Er wußte nichts vom Sturz seines jungen Assistenten. Aber er machte sich schwere Sorgen. Fred kannte die Ursache dieser Sorgen: der perniziöse Begriff der Masse ergriff unaufhaltsam Besitz von der Physik. Allem Anschein nach sollte die

Erhaltung der Masse zusammen mit der Konstanz der Materie zum Prinzip erhoben werden. Aber Flowerdew glaubte nicht daran, daß Masse oder Materie unzerstörbar seien, und er fragte, wo Masse überhaupt sei. Ein ganz undifferenzierter Substanzbegriff schob sich unbemerkt in die Naturwissenschaft (oder wurde ihr untergeschoben), ein Begriff, der sich ständig als unzureichend erwies und deshalb notwendigerweise auf immer kleinere Teilchen reduziert werden mußte. Und noch einmal schärfte der Professor seinem Schüler Fred ein, daß der Versuch, zur Basis von Berechnungen ein nicht Wahrnehmbares zu machen – sei es Gott, die Seele, das Atom, das Elementarteilchen –, nur Bequemlichkeit und Schwäche sei. »Ich will nicht leugnen, daß alle Menschen Bequemlichkeit brauchen. Aber Wissenschaftler sollten sich nicht in einem solchen Ausmaß verzärteln.«

Gleichzeitig aber machte Flowerdew sich Vorwürfe, daß sein Assistent noch nicht auf den Weg zu einem eigenen Forschungsvorhaben gebracht war, daß noch nicht einmal Klarheit darüber herrschte, worin es bestehen sollte. Also kein geeigneter Augenblick für Fred, seinem Professor zu eröffnen, er müsse aus Gründen, die physischer und spiritueller Natur zugleich seien, seine Stelle im Angels aufgeben.

Ich kann nicht ohne Daisy leben, dachte Fred. Es gibt keinen Gott, keine geistige Autorität, keinen Plan, es gibt keine Ursachen und keine Folgen – es gibt keinen Zweck im Universum, aber wenn es das Nichtexistente gäbe, dann ließe sich beweisen, daß durch alle aufgezeichnete und nicht aufgezeichnete historische Zeit hindurch immer die Absicht bestanden hat, mir Daisy zu geben.

Eine Woche danach – es war die Woche seines Auftritts im Club der Ungefälligen – hörte Fred vom Portier, ein Mr. Wrayburn sei im Hause und wolle ihn gern sehen. Fred stellte fest, daß Mr. Wrayburn zwar die übliche Freizeitkleidung eines Gelehrten trug, Knickerbockers aus Tweed und gestärkten Kragen, aber durchaus nicht in Freizeitstimmung war, sondern vor Anspannung zitterte. Die Arbeit, die er für Dr. Matthews tat – er mußte gelegentlich Fußnoten zu den Fußnoten der ergänzenden und möglicherweise gefälschten Manuskripte zur Offenbarung Johannis ausarbeiten – diese Arbeit war zweifellos eine Strapaze.

»Die Angelegenheit ist einigermaßen delikat, Fairly.«

Wrayburn wollte offenbar weder hinein- noch hinausgehen, also begannen die beiden den Walnußbaum zu umrunden, da im Augenblick sonst niemand im Hof war.

»Vielleicht sollte ich mich korrigieren, ›delikat‹ mag nicht das richtige Wort sein. Ich sehe mich nicht in der Lage zu beurteilen, ob die Angelegenheit delikat ist.«

Er redete nicht weiter, deshalb fragte Fred nach: »Geht es um Dr. Matthews?«

Sofort kam Mr. Wrayburn wieder in Gang; er brach in einen Wortschwall aus, hastig, außer Atem, keuchend und rappelnd wie ein Münzautomat. »Mit Dr. Matthews hat es absolut nichts zu tun, nicht das mindeste, und selbst wenn ich je versucht wäre etwas zu sagen, würde ich mich nie einem Menschen anvertrauen, der so viel jünger ist als ich, den ich kaum kenne, der außerdem gar nichts, oder noch weniger als nichts von Paläographie versteht. Allerdings möchte ich jedoch betonen, daß ich aufgrund des akribischen Charakters meiner Arbeit, die lange Spannen äußerster Konzentration erfordert, möglicherweise leichter überrascht und leichter erregbar bin als die meisten Menschen. Ich spreche nicht von Ihrem Unfall vor zehn Tagen, Fairly. Jedoch, ich muß es zugeben, dies war eine Überraschung für mich.«

»Was denn? Was ist geschehen?« fragte Fred.

»Ich sage nicht, daß der Zeitpunkt unmöglich spät war, es wird ungefähr Viertel oder zwanzig nach neun Uhr gewesen sein. Soweit ich mich erinnern kann, ist sie die einzige Person, die je in einem Lieferwagen von der Wäscherei bei uns zu Hause eintraf. Anscheinend hat sie sich vom Bahnhof aus mitnehmen lassen. Aber es war ja gar keine Rede davon gewesen, daß sie überhaupt noch einmal wiederkäme.«

»Ist Miss Saunders zurückgekommen?« fragte Fred, und sein Herz wurde weit und krampfte sich dann zusammen, als ob das, was er empfand, Angst sei.

»Ja, das habe ich doch wohl deutlich gemacht.«

»Deutlich gemacht haben Sie es überhaupt nicht, Sie Schwachkopf. Warum haben sie es mir nicht sofort gesagt?«

»Fairly, haben Sie den Verstand verloren?«

Fred faßte sich wieder. »Habe ich laut gesprochen?«

»Ja, sehr.«

»Vielleicht könnten Sie mir erzählen, was Miss Saunders gesagt hat.«

»Ihre Stimme klang drohend, Fairly.«

»Vielleicht könnten Sie mir erzählen, was sie gesagt hat und was sie hier macht. Sie muß nach mir gefragt haben; deshalb haben Sie sich doch freundlicherweise die Mühe gemacht, eigens zu mir zu kommen.«

»Durchaus nicht, sie hat gar nicht nach Ihnen gefragt. Venetia meinte auch, daß Sie mit der Angelegenheit nicht befaßt werden sollten. Aber ich bin meinem eigenen Urteil gefolgt. Ich möchte nicht, daß ihr noch mehr aufgebürdet wird, die Last des Haushalts ist schon schwer genug zu tragen. Seit wir außerhalb von Cambridge wohnen, hat es Probleme mit Haushaltshilfen gegeben; dabei läßt sich, aus meiner Sicht gesehen, kein Haushalt finden, der so wenig Arbeit verlangt. Ich verlange ja nur –«

»Wohnt Daisy bei Ihnen? Ist sie in der Guestingley Road? Um Gottes willen Wrayburn, wenn Sie mir sonst nichts zu erzählen haben, dann sagen Sie mir wenigsten das.«

Wrayburn äußerte sich kühl, er glaube, seine Frau habe Miss Saunders in einer der Dachkammern untergebracht. »Sie können nicht von mir erwarten, daß ich mich mit derlei Dingen beschäftige.«

»Nein, das erwarte ich nicht. Sie sind hierher gekommen, weil Sie nicht wollten, daß ihre Frau die Verantwortung für sie tragen muß. Selbstverständlich wollen Sie das nicht. Selbstverständlich soll Ihre Frau das nicht tun. Aber lassen Sie um Gottes willen Daisy nicht wieder entschlüpfen; haben Sie ein Einsehen. Schließen Sie die Türen ab. Sprechen Sie ruhig und ernst mit ihr. Schlagen Sie ihr auf den Kopf, geben Sie ihr einen Schlaftrunk.«

»Sie sind außer sich, Fairly. Sie haben mir zu verstehen gegeben, daß zwischen Ihnen und dieser jungen Frau keinerlei Verbindung besteht.«

Daß sie bei ihren Runden um den Walnußbaum noch länger ganz für sich bleiben würden, konnten sie nicht erwarten. Und nun trat der Schatzmeister mit dem Master aus der nächstgelegenen Tür. Der Master stützte sich auf den Arm des Schatzmeisters, bückte sich mit einer gelenkigen Bewegung, berührte erst mit der Handfläche, dann mit dem Handrücken das Gras:

»Mittwoch wird es regnen«, sagte er. »Wer war es noch, der das wissen wollte?«

Der Master richtete sich vorsichtig wieder auf, ohne etwas von seiner Würde zu verlieren. Fred folgte Wrayburn ins Freie und holte ihn ein, als er sich auf dem Fahrrad in nordwestlicher Richtung in Bewegung setzte. »Ich habe keine Verbindung mit ihr«, rief er, »das ist ja das Problem, verstehen Sie das denn nicht?«

Daisys Ortswechsel hatte in Wirklichkeit gar nichts Geheimnisvolles. Geheimniskrämerei ist ein Luxus und hätte ihre Mittel überstiegen. Sie war wieder nach Cambridge gekommen, weil ihr außer Dr. Sage niemand einfiel, der ihr Arbeit geben mochte. Genauer gesagt, kannte sie niemanden außer Dr. Sage, der eine Privatklinik hatte. Zu den Wrayburns war sie gekommen, weil sie sonst keine Bleibe hatte. Sie ließ nichts darüber verlauten, wo sie inzwischen gewesen war. Nachdem sie die Fahrkarte von London bezahlt und dem Fahrer des Wäschereiwagens einen Schilling gegeben hatte, besaß sie kein Geld mehr, aber es lag ihr fern, etwas ohne Gegenleistung zu verlangen.

Als Mrs. Wrayburn sie ins Dachgeschoß führte, sah sie gleich, daß die Räume dort als Dienstbotenkammern gedacht waren und daß keine Dienstboten darin schliefen. Sie war nun in dem Zimmer, in dem man sie mit Fred Fairly ins Bett gelegt hatte. Sie zog sich aus, hängte ihren Rock auf einen Bügel und wusch sich am Kaltwasserhahn im Flur. Das Waschbecken war mit graugrünen Kacheln eingefaßt, auf denen die Geschichte von Pelléas und Mélisande dargestellt war. Wenn sie sich aus dem Dachfenster lehnte, konnte sie gerade noch die erleuchteten Fenster des Bauernhauses sehen, aus dessen Einfahrt der Pferdewagen gekommen war; auf der Straße davor bewegten sich ein paar Lichter, ab und zu schienen die hellen Acetylenscheinwerfer eines Automobils auf.

Als sie am nächsten Morgen herunterkam, fand sie eine recht verwirrte Mrs. Wrayburn vor. »Daisy – ich darf Sie doch so nennen? – Ich muß Ihnen mitteilen, daß ich mich kürzlich aus prinzipiellen Gründen entschlossen habe, unsere Lebensführung zu vereinfachen. Obst, Gemüse, dazu Tee und Kaffee in ganz geringen Mengen, da die Wissenschaft die Schädlichkeit dieser Genußmittel erwiesen hat. Nun zu den Hauptgerichten: Diese Dose hier habe ich in dem neuen *Eustace Miles Emporium* in der King's Parade gekauft. Die Beschriftung sagt, was die Dose enthält, sehr interessant, das Lesen lohnt sich, besonders wenn – also, wie Sie sehen, enthält diese Büchse Gesundheits-Plasmon, es läßt sich mit vielfältigen Substanzen zu nahrhaften Gerichten verbinden, wobei die Notwendigkeit des Kochens entfällt.«

»Sieht aus wie Speisestärke«, sagte Daisy.

»Ich denke mir, daß man sich daran gewöhnen kann.« Mrs. Wrayburn bemühte sich, ihrer Stimme einen entschlossenen Klang zu geben. »Ich glaube an die Macht des Geistes über den Leib. Jawohl, daran glaube ich. Man kann sich an alles gewöhnen. Sogar Männer können sich an alles gewöhnen.«

»Ich hoffe, Sie nehmen mir nicht übel, daß ich das sage, Mrs. Wrayburn, aber ich kann mir nicht denken, daß Ihr Gatte sich jemals an dieses Zeug gewöhnt, und schon gar nicht, wenn er es roh essen muß. Und Ihr Haus ist wirklich groß, und es macht viel Arbeit, und Sie scheinen keine Hilfe zu haben, die auch bei Ihnen wohnt.«

»Ach, die leeren Schlafzimmer«, seufzte Mrs. Wrayburn. »Die sollten voll sein mit lachenden Gesichtern und starken, zupackenden Händen.«

»Sie wohnen ein bißchen zu weit außerhalb, glaube ich, Mrs. Wrayburn. Wahrscheinlich werden Sie kein Mädchen finden, das bei Ihnen bleiben will, und wenn doch, dann könnte sie abends nirgendwohin gehen, nur zu dem Bauernhof.«

»Nein, lange hält es hier keine aus«, gab Mrs. Wrayburn zu, »das kann man wohl sagen.« Und als ob das eine aus dem anderen folge, sagte sie dann noch: »Ich habe vier Jahre am Newnham College studiert. Ich war Organisationssekretärin des Debattierclubs. Ich war Schatzmeisterin und Organisationssekretärin der Politischen und Sozialen Frauenunion.«

Sie starrte in das Spülbecken, das gar nicht alle die Gerätschaften fassen konnte, die notwendig sind, wenn ein

Ehemann seine täglichen Mahlzeiten zu Hause einnimmt. Wie fast alle ihre Freundinnen hatte sie den Himmel angefleht, ihr keinen Geistlichen, keinen praktischen Arzt und keinen Universitätslehrer ohne Fellow-Rechte zum Ehemann zu geben. All diese Berufe bedeuteten – anders als Stellen in der Armee oder bei Gericht – Mittagsmahlzeiten zu Hause, so daß tagtäglich außer Tassen, Tellern und Schüsseln auch Toastständer, Eierbecher, Eierwärmer, Heißwasserkrüge, Milchsiebe, Teesiebe, Kaffeesiebe, beinerne Eierlöffel, Zuckerzangen, Senftöpfe mit einer Innenverkleidung aus blauem Glas und Metallaußenseite, silberne Obstmesser (da Stahl Gift produzierte, wenn er in Berührung mit Obstsäften kam), Servietten mit Serviettenringen – für jeden am Tisch in einer anderen Farbe –, Gemüseschüsseln mit Griffen in der Form von Artischocken, Saucieren, Schüsseldekkel, Fischgabeln, mit denen man nur mühsam Fisch essen konnte (aber Fischmesser waren vulgär), Muffinbehälter, die man mit kochendheißem Wasser füllen mußte, damit die Muffins die richtige Temperatur behielten, Suppenteller, in die man Suppe aus einer Suppenterrine mit Deckel goß, Puddingteller aus geschliffenem Kristall, Messerbänke für die Messer, Gabelbänke für die Gabeln, Käseplatten mit Dekkeln in der Form eines Käsestücks, Kompottschalen, Auflaufförmchen und hitzebeständige Pfännchen, Gewürztöpfchen und Kännchen benutzt und gespült werden mußten. Mr. Wrayburn durfte selbstverständlich alle diese Gerätschaften erwarten, natürlich auf einer sauberen Tischdecke, deren Mittelknick schnurgerade über die gesamte Länge des Tisches laufen mußte – Mrs. Wrayburn empfand das nicht als unvernünftig, auch Daisy nicht –, und die meisten Utensilien befanden sich im Augenblick in der Spüle und warteten in stummem Vorwurf darauf, abgewaschen und abgetrocknet zu werden.

Daisy und Mrs. Wrayburn verstanden einander auf Anhieb, und es dauerte nur wenige Minuten bis zum gegenseitigen Eingeständnis, daß dem so war. Daisy sollte bleiben. Die Dachkammer sollte ihr gehören. In ihrer Freizeit wollte sie die Hausarbeit erledigen.

Fünfzehntes Kapitel
Ein Spaziergang auf dem Land

Wrayburn bereute seine Gastfreundlichkeit am Abend des Unfalls. Nun merkte er, daß ihm ein zweiter schwerer Fehler unterlaufen war: Er hätte Fred nicht erzählen sollen, daß diese rätselhafte junge Frau zurückgekommen war; was es mit ihr auf sich hatte, war ihm nie richtig erklärt worden. Zum Glück hatte das Haus Wrayburn kein Telefon, aber Fred konnte trotzdem sehr lästig werden, wenn er in der Nachbarschaft herumstrich oder gar wieder auf dem Dachboden auftauchte. Fred unternahm jedoch nichts von alledem; er tat nur eins, das allerdings sofort: Er schrieb Miss Saunders ein Briefchen mit der Frage, ob sie an ihrem freien Tag mit ihm einen Ausflug machen wolle.

Wrayburn war beunruhigt: »Wenn sie einer anderen Klasse angehörte, würdest du wohl eine Chaperonne vorgeschlagen haben«, sagte er zu seiner Frau. »Ich meine, Fairly würde seinen Schwestern wohl kaum erlauben – «

»Du meine Güte, ich weiß gar nicht, ob er Schwestern hat, und ich bin nicht Daisy Saunders' Hüterin. Ich bin nicht mal ihre Arbeitgeberin, jedenfalls nicht im strengen Sinne. Sie wird mir zwar sehr ans Herz wachsen, aber verantwortlich für sie bin ich nicht.«

»Wer denn dann?« Mrs. Wrayburn konnte dazu nur sagen, daß sie in Dr. Sages Nervenklinik arbeitete, und zwar von halb neun bis halb sieben Uhr.

Fred hatte Daisy gefragt, ob er sie trotz der kurzen Bekanntschaft Daisy nennen dürfe und ob sie Lust habe, mit ihm einen Spaziergang zu machen, hinaus aufs Land. Sie sagte, das sei genau das Richtige. Was sie davon hielte (fragte Fred), wenn sie mit dem Zug bis Whittlesford führen und von da aus zur Mühle in Great Chishill wanderten; ganz bis dorthin würden sie es aber wahrscheinlich nicht schaffen. Daisy sagte, sie sei dabei.

Mit ihren festen Stiefeln und der flachen Golfmütze, die sie in einer Truhe auf dem Wrayburnschen Dachboden gefunden hatte, schien Daisy für alles gerüstet. Sie hatte ihren Rocksaum ringsum drei Zentimeter eingeschlagen. Sie freute sich auf den Ausflug und sah rosiger als sonst aus, als sie aus dem Zug stieg. »Wie ist es hier eigentlich?« fragte sie.

»Das weiß ich nicht. Ich bin hier schon gewesen, aber das habe ich mir eigentlich nie überlegt.« Er sah sie beunruhigt an. »Hätte ich das tun sollen? Wir müssen in südwestlicher Richtung aus dem Dorf hinaus.«

»Sieh mal, da ist ein Haus zu verkaufen.«

Was meinst du damit, Daisy?«

»Komm, wir sehen es uns mal näher an«, sagte Daisy. »Wir haben so viel Zeit. Macht doch Spaß, wenn man sich mal in einem leeren Haus umsieht.«

Fred versuchte, sich das vorzustellen.

»Es ist wie beim Einkaufsbummel. Man muß ja nichts kaufen, nur die Sachen mal in die Hand nehmen und rumdrehen.«

»Wir müßten wahrscheinlich erst wieder nach Cambridge fahren, um die Schlüssel zu holen«, gab Fred zu bedenken; aber im Fenster hing ein Schild: Schlüssel auf Anfrage im Eisenwarenladen; der Laden war in derselben Straße, nur ein paar Häuser weiter. Der Eisenhändler sagte erst, im Geschäft seien alle unabkömmlich, niemand könne sie im Haus herumführen; aber dann gab er nach und vertraute Daisy die Schlüssel an.

»Wir bleiben nicht lange«, versprach sie. »Wir wollen noch eine Wanderung über Land machen.«

Das Haus schien voller Wurfsendungen, wie alle Häuser, die ein Weile leer gestanden haben. Handzettel, Ankündigungen von Gottesdiensten und Gemeindefesten, Rundschreiben, Reklame für Auktionen, Informationen über Kartoffelpest waren ständig zugestellt worden und wurden vermutlich auch immer noch durch den Briefkastenschlitz in den überquellenden Briefkasten gestopft; Fetzen von zerrissenen Rechnungen und Briefen mit Schriftzügen in schwarzer, blauer und violetter Tinte wehten im Zugwind über den Steinfußboden: ›... ich weiß nicht mehr aus‹ ... ›stag ganz bestimmt‹ ... ›auf seine Barmherzigkeit bauen‹. »Damit könnte ich den ganzen Tag zubringen, wenn ich sonst nichts vorhätte«, sagte sie. »Ich kriege nicht so viele Briefe, vielleicht kommt es daher.«

»Die Leute in Cambridge schicken gerne Botschaften«, erzählte Fred. »Manchmal wird mir das zu viel, und mir wäre lieber, sie ließen es. Ich bekomme eigentlich eine ganze Menge Briefe. Hoffentlich liegen die nicht auch am Ende zerrissen auf dem Fußboden eines leeren Hauses herum.«

Daisy untersuchte die Schubladen. Ein einzelner Teller, kein Messer, eine Gabel, ein Löffel. »Ganz allein, eigentlich muß er einem leid tun.«

»Vielleicht war es ja auch eine Frau«, gab Fred zu bedenken.

»Nein, eine Frau bringt man nie dazu, so ein Leben zu führen. Sie muß vor ihm gestorben sein, oder vielleicht hat sie ihn verlassen.«

»Man sollte doch eigentlich erwarten, daß das Haus ordentlich leergeräumt ist, ganz gleich, was passiert ist.«

»Hast du schon mal ein ordentlich leergeräumtes Haus gesehen? Irgendwas bleibt immer übrig.«

In der Küche war ein tiefes Spülbecken aus Stein teilweise mit grünem Moos überwachsen, obwohl der dünne alte Wasserhahn bestimmt seit Monaten nicht mehr tropfte.

Daisy warf einen kurzen Blick auf die Schränke: nichts darin, nur Papierschnipsel und ein Satz Schonsteinfeger-Werkzeug. Ein Dielenbrett war lose. Wahrscheinlich sind alle Balken morsch, dachte Fred bei sich. »Bestimmt ist irgendwas unter dem Brett«, sagte Daisy. »Wo hätte er sonst seine Sachen aufbewahren sollen? Diese alten Männer sind alle gleich. Da unten liegt sehr wahrscheinlich Geld.«

Aber sie wollte nicht zulassen, daß Fred das Brett anhob, sie meinte, das bringe Unglück. Im Oberstock – die Treppe kam zum Vorschein, wenn man einen der Schränke öffnete – war eine dunkle Dachkammer ohne Mobiliar. Kein Waschbecken, er hatte sich offenbar nur in der Küche oder draußen unter eine Pumpe waschen können und das Plumpsklosett im Garten benutzt, das jetzt mit Brettern zugedeckt war und sich allmählich wieder in Erde zurückverwandelte. Daisy strahlte. Sie hatte nun alles gesehen und sogar den Namen des ehemaligen Eigentümers herausgefunden, indem sie die Adressen auf zwei zerrissenen Briefumschlägen zusammensetzte.

Auf dem Rückweg gingen sie wieder nebeneinander die Straße entlang. Fred wollte ihr klarmachen, daß alles ganz anders gewesen wäre, wenn sie sich wirklich nach einem Haus umgesehen hätten. Aber das hätte den Spaß verdorben, erklärte ihm Daisy. Dann hätte er sich Sorgen wegen der Kosten gemacht, wegen der Dachrinne, der Zimmergröße, das hätte keinen Reiz gehabt. Fred seufzte. Ob das einer der Unterschiede zwischen Männern und Frauen sei, daß Frauen so gern von Phantasie leben? Was anderes haben sie ja nicht, jedenfalls die meisten, antwortete Daisy.

»Den Eisenhändler haben wir nicht hinters Licht geführt, glaube ich«, sagte Daisy, als sie über den Zaunübertritt kletterten. »Der wußte, daß wir nicht daran dachten zu kaufen. Der hat verstanden, wie die Lage ist.«

»Wie ist sie denn, Daisy?«

»Na ja, wir sehen uns jetzt zum zweiten Mal. Wir kennen uns kaum und bedeuten uns nichts.«

Fred war entsetzt. »Weißt du denn nicht, was du für mich bedeutest?«

Daisy dachte nach. »Doch, das weiß ich schon, Fred. Ehrlich gesagt: Das würde ein sechsjähriges Kind merken.«

»Aber genau das will ich ja. Sechsjährige sollen es merken, Eisenhändler sollen es merken.«

»Fred, du hast doch eine Familie, oder?«

Fred erklärte ihr, daß sein Vater der Pfarrer von Blow sei, beschrieb auch den Unterschied zwischen einem Pfarrer und einem Vikar. Er bekannte sich zu einer Mutter und zwei Schwestern und sagte, sie alle sollten merken, daß er sich verliebt habe.

»Fred, sag mir ehrlich, hast du schon mal ein Mädchen ausgeführt?«

Er schien Schwierigkeiten mit der Antwort zu haben, aber nur einen Augenblick lang. »Ich habe noch nie ein Mädchen ausgeführt, das ich heiraten wollte.«

»Was das Mädchen vielleicht nicht gewußt hat«, sagte Daisy.

»Warum sollen sie eine Rolle spielen, Daisy? Warum, selbst wenn es sie gegeben hätte, soll das etwas ausmachen? Es hat sie nicht gegeben und gibt sie nicht. Sie sind etwas nicht Wahrnehmbares.«

Daisy schlug sich viel weniger als andere Leute mit der Zeit herum. Mit der Vergangenheit beschäftigte sie sich nur, wenn es sein mußte, und mit der Zukunft hielt sie es genauso. Im Augenblick war sie auf einem Spaziergang über

Land, und den wollte sie richtig genießen. Vor allem erwartete sie eine Vielfalt an Vögeln und Blumen und war sehr bereit, die zu bewundern, sobald sich die Gelegenheit dazu bot.

Die erste Weide war drei Zentimeter hoch überflutet und lag unter Wasser wie unter Silberglas, die langen gegen den Boden und gegeneinandergedrückten Grashalme bewegten sich leicht mit, wenn der Wind die Oberfläche des Wassers kräuselte. Der Bach führte zu viel Wasser, man konnte die kleine Brücke nicht benutzen, sie mußten um die Wiese herum bis zum oberen Rand gehen. Als sie im höher gelegenen Gelände waren, wurde das Gehen lästig wie immer, wenn man auf einem ausgefahrenen Weg über die Felder läuft: man muß sich entscheiden, ob man sich in der Mitte auf dem höheren Streifen oder in einer der beiden breiten matschigen Wagenspuren halten will. Fred fand, Daisy solle auf dem trockenen, aber höheren Streifen gehen; aber dann war sie fast so groß wie er. Als sie hinunter in die Spur sprangen, war kaum Platz zum Nebeneinandergehen. Man konnte nur Arm in Arm laufen.

Was war nun mit den Vögeln und mit den Wiesenblumen? Fred wünschte sich sehnlich, da Daisy sie nun einmal erwähnt hatte, daß er in der Lage wäre, ihr wenigsten ein paar präsentieren zu können. So weit das Auge reichte, sah man nur zartgrüne, von keiner Hecke unterbrochene Felder, leer bis auf ein paar Kühe in der Ferne, die man gerade aus dem Stall gelassen hatte. Der Sommerweizen war noch kaum zu sehen. Die Landschaft war denkbar verschieden von der Gegend um Blow, so viel weniger üppig, weniger bewirtschaftet, weniger schön, auch weniger unheimlich. Hier hing der Himmel über einem einförmigen, undramatischen Horizont fast ohne Grenzmarken, so daß eine Kirche aussah, als sei sie nur eine Meile entfernt, während sie in Wirklichkeit vier oder fünf Meilen weit weg war. In den letzten fünf Jahren hatte Fred sich an diese blanken Felder gewöhnt. Seinen ersten Spaziergang in dieser Gegend hatte er zusammen mit Professor Flowerdew und einem Lektor der Moralphilosophie vom King's College unternommen; als sie über denselben Fahrweg stapften, hatte der Lektor gesagt: »Flowerdew, ich bin jetzt endlich zu der Überzeugung gekommen, daß das Physische und das Psychische zwei Aspekte derselben Realität sind.« – »Unsinn«, hatte der Professor über die Schulter zurückgerufen, »dies Feld ist kein Aspekt von irgendwas. Es ist ein Feld, sonst nichts. Mein Geist ist kein Aspekt von etwas, er ist Geist und unterscheidet sich von dem Feld nur dadurch, daß er seine Aktivität selbst auf etwas richtet.«

»Was waren das für Vögel«, fragte Daisy. »Vielleicht Wachteln, Fred?«

»Nein, leider nicht, ich fürchte, das waren nur Drosseln.«

»Ach wie schade, ich hätte so gern mal eine Wachtel gesehen.«

Mit Blumen kannte sich Fred noch viel weniger aus, alles in allem hatte er das seinen Schwestern überlassen. Er hatte auf frühe Schlüsselblumen gehofft, aber es gab keine. Daisy fand immerhin im Gras an einer Seite des Weges eine Menge winziger, grünweißer, unscheinbar aussehender Blumen, nicht alle gleichartig, die er für Mausohren oder Sternmiere hielt.

»Diese sieht aber anders aus«, fand Daisy. »Das ist eine Nesselglockenblume. Bei der mußt du vorsichtig sein, wenn du Medizin daraus machen willst. Es kann sein, daß sie alles nur schlimmer macht.«

Sie hatte die Handschuhe ausgezogen und faßte mit ihren kräftigen Fingern das kümmerliche Pflänzchen vorsichtig an.

»Schau, fünf Blütenblätter. Du kannst sie zählen.«

»Die haben alle fünf Blütenblätter«, stellte Fred fest. »Ich hätte keinen Unterschied gesehen.« Er betrachtete das Pflänzchen respektvoll. »Ist das wirkliche eine Nesselglokkenblume?«

»Nein, natürlich nicht«, sagte Daisy. »Ich weiß nicht, wie sie heißt. Ich habe das nur so gesagt, um die Sache in Gang zu halten.«

Sie konnte sehen, daß er verstört war. »Du mußt mir immer die Wahrheit sagen. Ich bin verloren, wenn ich mich nicht auf dich verlassen kann«, brachte er schließlich heraus.

Sie gingen weiter.

»Im Blackfriars haben sie sich auf mich verlassen. Ich bin eine gute Krankenpflegerin. Das sage ich nicht bloß aus Eitelkeit. Die Oberin hat gesagt, ich bin eine Pflegerin, wie sie eine haben wollte. Besonders für die Frischoperierten, und wenn die etwas sagt, dann meint sie es auch, darauf kannst zu wetten.«

»Warum bist du dann aus London weggegangen? Warst du die Arbeit leid?«

»Nein, das kann mir gar nicht passieren, daß ich diese Arbeit leid werde. Aber es gibt eine Vorschrift, weißt du, daß man nicht über die Krankenfälle reden darf, also nicht außerhalb des Krankenhauses, wollte ich sagen.«

»Und du hast es gemacht?«

»Ja, habe ich.«

»Warum denn, Daisy?«

»Ich wollte ihm eben helfen, daß er bekommt, was er sich wünscht. Ich habe wirklich gedacht, es würde dazu helfen, ihm das Leben zu retten.«

»Und hat es geholfen?«

»Nein.«

»Ist er gestorben?«

»Nein, aber er war gar nicht in Lebensgefahr.«

Etwas später hielten sie eine Rast, die keiner von beiden unbedingt brauchte; sie setzten sich in den Friedhof einer Kirche aus Flint und Kieselsteinen. Obwohl nur hundert Meter entfernt ein altes Pumpwerk stand, gehörte doch eine ganze Reihe Grabsteine zu Männern, Frauen und Kindern, die bei Überschwemmungen ertrunken waren. Endlich war die Sonne so kräftig, daß man ihre Wärme spürte, und Daisy nahm die Golfkappe ab, in die sie ihre weißblütige Pflanze gesteckt hatte. Die Kappe roch nach Kampfer.

»Die Sonne macht den Geruch schlimmer, glaube ich. Die Kappe war in einer Kleidertruhe auf dem Boden, und Mrs. Wrayburn hat gesagt, ich kann sie leihen.«

»Eine golfspielende Mrs. Wrayburn kann ich mir nicht vorstellen«, sagte Fred. »Es besteht kein Grund, warum sie nicht Golf spielen sollte, aber vorstellen kann ich sie mir nicht dabei.«

»Sie hat mir erzählt, daß die Kappe ihrem Bruder gehört. Sie hat sie aufgehoben, als er nach Rangun ging.«

»Meine Schwestern haben mich gern, jedenfalls die jüngere. Aber wenn ich nach Rangun ginge, würden sie meine Sachen bestimmt keinen Tag länger als nötig aufheben.«

»Vielleicht wünscht sie sich, sie wäre wieder ein Kind«, meinte Daisy. »Kann sein, daß sie das Gefühl hat, in ihrem Leben wäre was falsch gelaufen.«

»Setz sie nicht wieder auf«, bat Fred.

Bis Great Chishill kamen sie nun wohl nicht mehr, aber sie waren sich einig, daß sie das auch nicht erwartet hatten. Daisy gab zu, daß sie Durst hatte. Ohne Grenzzäune täuschten die weiten Felder, und Fred spürte, daß er seine ganze Reputation aufs Spiel setzte, als er nun kühn behauptete, die Doppelreihe Weiden, die etwas erhöht vor ihnen lag, sei ein Seitenweg, an dem ein Wirtshaus liege, *The Fenny Inn*. Sie gingen darauf zu, und es war eine Straße, und *The Fenny Inn* stand da und sah aus, als habe man es aus dem schlammigen Wasser gefischt, statt mit Händen gebaut, aber ein Wirtshaus war es immerhin, ganz unbestreitbar.

»Warst du schon mal drin?« fragt Daisy.

»Nein, ich bin nur vorbeigekommen, aber wenn es dir nicht gefällt, gehen wir auf der Stelle wieder.«

»Wohin könnten wir denn dann?«

»Ich weiß nicht, aber wenn es dir nicht gefällt, gehen wir auf der Stelle wieder.«

Offenbar war ihm ernst damit, und in diesem Augenblick begriff Daisy, daß er ihr sein Bestes anbot, daß er nichts zurückhielt, das Beste also, was ein Mensch einem andern geben kann.

Sie gingen in den ungemütlichen Gastraum, der nur von einem einzigen, ganz beschlagenen Fenster hoch oben in der Wand Licht bekam: vielleicht schwammen außen Hechte und Aale vorbei, vielleicht lag der Raum überhaupt unter dem Moor.

»Das ist der hübscheste Raum, den ich je gesehen habe«, sagte Daisy.

»Ist das wahr?«

»Nein, aber ich hatte Angst, wir würden auf der Stelle wieder gehen.«

»Ich weiß nicht, warum du die ganze Zeit über mich lachst«, sagte Fred. »Ich bin todernst.«

Daisy setzte sich und lehnte sich genüßlich Zentimeter für Zentimeter gegen die harte Rücklehne der Wandbank. Was sie bestellen wolle? Ein Glas Milch mit Stout. Damit konnte *The Fenn Inn* nicht dienen, dann eben ein kleines Cambridge Ale.

»Schmeckt sehr gut«, versicherte sie.

»Aber es ist nicht das, was du haben wolltest.«

Sie nippte und erzählte: »Die Krankenwärterinnen in der Klinik haben sich schon mal einen Tropfen genehmigt, mindestens die älteren. Wegen der Rückenschmerzen, wenn man vom Dienst in der Station kam, das konnte man ihnen nicht übelnehmen. Es war wie eine Säge im Rücken. Sie hatten immer ein Stück Zucker bei der Hand, und den Gin hoben sie in einer Flasche Wundreinigungsmittel auf. Gin ist wirklich ein Wundreinigungsmittel.«

»Daisy, willst du mich heiraten?«

Sie sah in ihr Glas.

»Ich weiß, daß du nichts sagst, was du nicht meinst, Fred.«

»Willst du darüber nachdenken?«

Daisy hätte alles darum gegeben, ihm ganz rückhaltlos sagen zu können, was sie wirklich empfand. Ihr Leben lang hatte sie das große Handicap gehabt, daß ihr das Geben immer sehr viel leichter gefallen war als das Nehmen. Sie konnte nicht mitansehen, wie jemand Not litt, und trennte sich unbedenklich von Geld und Besitz, aber wenn sie etwas annehmen sollte, war sie scheu wie ein halbgezähmtes Tier.

»Ich sage nicht, daß ich's nicht will, Fred.«

Sechzehntes Kapitel
Familienbesuch

Mr. Wrayburn war sehr beunruhigt. Er fürchtete, man werde ihm noch nachträglich anlasten, was sozusagen unter seinem Dach vor sich ging. Seine Frau redete ihm zu, es sei absurd zu meinen, daß er irgendwelche Verhinderungsmaßnahmen hätte treffen können, und unter seinem Dach habe sich gar nichts abgespielt, Fred sei, abgesehen von der ersten Gelegenheit, nie weiter als zur Diele vorgedrungen. Er habe Daisy abgeholt und wieder nach Hause gebracht. Später dann habe er ihn, Herbert, zum Dinner im Angels eingeladen, wo ihm seltsame Musik und sehr guter Madeira vorgesetzt worden sei, »das waren deine Worte, Herbert«. Wo sehe er da Grund für einen Vorwurf? Mr. Wrayburn erklärte sich nicht näher, sagte jedoch, seiner Meinung nach sei Fairly aus guter Familie.

Vielleicht mußte man nur ein ernstes Wort mit Daisy sprechen. Aber er hatte noch nie Worte mit ihr gewechselt. Wie sollte er das anstellen? Sie kam erst nach sieben aus der Nervenklinik wieder (sagte Venetia). Dann ging sie sofort in die Küche, und dort ließ er sich besser nicht blicken, das wußte er wohl. Aber diesmal mußte es sein, also stand er dort im Wege, während Daisy die Wäsche sortierte. Ab und an erkannte er dabei seine eigenen Hemden und Unterwäsche.

»Miss Saunders, kennen Sie zufällig die Verdi-Oper *La Traviata*?«

»Ich kenne ein Lied daraus, es ist in meiner Sammlung ›Die schönsten Stimmen‹.«

»In *La Traviata* ist der Held, ein junger Mann aus guter Familie, ganz besessen von seiner Liebe zu Violetta, einer Frau, die im Ruf der Leichtlebigkeit steht. Denken Sie bitte nicht, ich wolle den Vergleich zu weit treiben. Jedenfalls, der Vater des Helden kommt nach Paris und fleht ihn an, wieder mit ihm in die gute alte Provence zurückzufahren, von dort stammt er nämlich ursprünglich.«

»Warum heißt es ›gute alte‹ Provence?« fragte Daisy.

»Der Sohn weigert sich zuerst. Vielleicht wundern Sie sich, daß ich Ihnen das alles erzähle.«

»Ich wundere mich überhaupt nicht. Sie werden wohl glauben, ich bin zu dumm und kann nicht verstehen, was Sie meinen, wenn Sie es geradezu sagen.«

»Sehen Sie, der Vater ist nämlich in Sorge, weil er fürchtet, daß der Sohn sich im Grunde nur Leben und Karriere zerstört, wenn er nicht von der Traviata getrennt wird. Das erklärt er Violetta.«

Daisy hatte mit ihrer letzten Bemerkung eigentlich Mr. Wrayburn zum Schweigen bringen wollen, aber sie hatte eine Schwäche für gute Geschichten. »Und, was passiert dann?«

Wrayburn wich aus: »Eigentlich nichts in dem Sinn, in dem Sie etwas erwarten. Das Problem löst sich von selbst. Violetta stirbt an Schwindsucht.«

»So nennen wir das jetzt nicht mehr«, sagte Daisy. »Aber egal, was hat sie dazu zu sagen?«

»Sie sagt: ›Ich möchte leben‹.« Wrayburn kramte in seinem Gedächtnis. »Der alte Vater bereut seine Härte, aber darum geht es wohl nicht.«

»Sie möchten mir beibringen, daß ich nicht gut genug für Fred bin«, bemerkte Daisy ruhig. »Aber ich bin ganz gesund, und ich habe auch nie gehört, daß in meiner Familie sowas vorgekommen ist.«

»Sie haben mich vollkommen mißverstanden. Ich wollte sagen, wenn Fairly Sie heiratet, auch wenn er eine andere junge Frau heiratet, muß er seine Position als Junior Fellow seines Colleges aufgeben. Nur unter der Bedingung konnte er die Ernennung annehmen, das muß er genau gewußt haben. Im St. Angelicus gibt es keine verheirateten Fellows. Außerdem darf keine Frau das College betreten. Der Master und die Fellows sind, mit einem Wort, Zölibatäre.«

»Pater Haggett und der Kurat der Kirche, in die ich früher immer ging, sind das auch«, sagte Daisy. »Und trotzdem sind den ganzen Tag und die halbe Nacht Frauen im Pfarrhaus um den Weg und haben irgendwas zu fragen.«

»Miss Saunders, ich möchte nicht, daß Sie nun enttäuscht sind, nachdem Sie gehört haben, was ich Ihnen sagte. In gewissem Sinn war es wohl meine Pflicht, mit Ihnen zu sprechen.«

»Wie meinen Sie das? Fred hätte mir das selbst sagen können, wenn er gewollt hätte.«

»Daß er es will, ist sehr unwahrscheinlich. So sieht es für mich aus.«

Fred lud sie ein zu *Cox and Box*, einer Aufführung der Cambridge University Society, und ging mit ihr an einem anderen Abend zur zweiten Inszenierung des *Doktor Faustus* der Marlowe Society; Rupert Brooke spielte den Mephisto. Das war für Daisy kein reines Vergnügen, aber sie besaß eine erstaunliche Fähigkeit, sich zu unterhalten und zu freuen. Auch brachte sie ein hohes Maß an Sympathie auf, für die Personen des Stückes und für die Amateure, die sie spielten. Sie war schon viel häufiger im Theater gewesen als Fred, aber meist in den *Halls*, wo das angetrunkene Publikum grölend den angetrunkenen Komödianten soufflierte, wenn diese ihren Text vergessen hatten. Den Text von *Doktor Faustus* kannte sie aber nicht.

Sie fragte Fred unumwunden, ob wahr sei, was Mr. Wrayburn ihr erzählt hatte – *La Traviata* erwähnte sie nicht –, und Fred bestätigte es. Wenn sie heirateten, könne er im Angels nicht weitermachen. Aber andererseits sehe er nicht, wie er überhaupt weitermachen könne, falls sie ihn nicht haben wolle.

Auf einmal war die ganze Familie Fairly in Cambridge. Hester rief im Cavendish an. »Du, Hester, ich darf eigentlich nicht –«

»Ich weiß schon, aber der Mann in deinem College tat so, als wüßte er nicht, wo du bist.«

Sie wohnten nicht in einem Hotel. Das wäre viel zu teuer gewesen. Sie seien im Anglikanischen Hospiz für minderbemittelte Frauen, wo auch Evangelische wohnen dürften, sagte Hester.

»Was habt ihr mit Vater gemacht?«

»Der wohnt sehr komfortabel im Trinity Hall. Er nimmt

da an einem Dinner teil. Das ist eigentlich der Grund, warum wir hier sind. Das passiert nur alle fünfundzwanzig Jahre einmal.«

»Wir haben ihm erzählt, wir wollten gar nicht neidisch sein«, rief Julia in voller Lautstärke in den Hörer. »Wir haben gesagt, gebe Gott, daß du ein Gesicht findest, das du kanntest, als ihr alle jung wart.«

»Ist Mutter da?«

»Freddie, mein Junge«, meldete sich seine Mutter, »ich bin auf dem Weg nach London. Eher auf dem Umweg, denkst du jetzt sicher, aber wir hoffen, daß wir dich wenigstens kurz sehen können. In London muß ich Gefängnisbesuche machen, wenn wir die Erlaubnis dazu bekommen, und vermutlich ist auch Schreibarbeit zu tun, für den *Conciliation Bill.* Wir verlangen Wahlrecht für alle Frauen, die mehr als £ 10 Miete pro Jahr zahlen, vorausgesetzt, daß die verheirateten nicht in demselben Stimmbezirk wie ihre Männer wählen. Das nur, damit Mr. Asquith still hält. Aber denk bitte nicht, deine Mutter wollte etwas Sensationelles unternehmen.«

»Nimmst du die Mädchen mit?«

»Nein, Hester könnte ich zwar brauchen, aber Julia nicht, und sie sieht das auch vollkommen ein. Hester hat angeboten, nach Blow zurückzufahren und die beiden anderen zu versorgen, solange ich weg bin.«

»Mutter, was hast du nur mit meinen Schwestern angestellt? Sie sind ganz anders geworden.«

»Bitte, mach dir keine Sorgen, Freddie.«

»Weiß Vater denn, was ihr vorhabt?«

Julia kam wieder ans Telefon. »Wir haben uns gedacht, daß wir es ihm morgen sagen, wenn das große Essen vorbei ist. Dann hat er sowieso eine Magenverstimmung und wird sich außerdem mit seinen sämtlichen Freunden wegen des christlichen Sozialismus zerstritten haben. Dann wird er heilfroh sein, daß er mit seinen beiden verständnisvollen Töchtern nach Blow zurückfahren kann.«

»Julia, wer bezahlt eigentlich die Telefonkosten?«

»Das steht hier alles auf einem Zettel. Das Hospiz zahlt £7 im Jahr für eine unbegrenzte Zahl Telefongespräche mit Anschlußinhabern im Umkreis einer halben Meile und £1 fünf Schilling pro Jahr zusätzlich für jede weitere Meile oder angebrochene Meile. Was du bezahlst, ist in dein Ermessen gestellt; du mußt die Summe, die du für richtig hältst, in die Missionssammelbüchse stecken. Das sind Geldschneider, Freddie.«

»Ich komme vorbei, sobald ich kann.«

Im Anglikanischen Hospiz, in das man neun Uhr abends nicht mehr eingelassen wurde, eröffnete Fred ihnen, daß er sich verliebt habe. Er sprach ganz friedlich, entfachte aber einen großen Aufruhr. Sogar Mrs. Fairly hob die Stimme. Der Hospizleiter ermahnte sie, daß die Zeit zwischen sechs und sieben Uhr eine Stunde der Ruhe sei und daß die Gäste gehalten seien, zu allen Zeiten kontroverse und unruhestiftende Themen zu meiden.

»Wer ist es? Kennen wir sie? Ist sie die Schwester von jemandem? Woher kennst du sie? Wann können wir sie sehen?«

»Sie hat nicht viel Zeit.« Aber Fred brachte eine Verabredung zustande; obwohl es noch sehr früh im Jahr war, wollte er alle am nächsten Nachmittag in einem Stechkahn herumfahren.

Eine blasse Sonne schien am nächsten Tag. Sie trafen sich bei den Chesterton-Bootshäusern und fuhren auf den flachen, lieblichen Cam hinaus, den Fluß, der für Stechkähne leicht ist wie kein zweiter auf der ganzen Welt. Mrs. Fairly saß neben Hester, Julia neben Daisy. Fred konnte das Gesicht seiner Mutter und Daisys Hinterkopf sehen. Übermütig sagte er sich, er liebe sie alle. Einen Weg, sich auch untereinander zu lieben, mußten sie schon selbst finden.

»Wir haben uns sehr gefreut über diese Gelegenheit, Sie kennenzulernen, Miss Saunders«, sagte Mrs. Fairly, als sie im Boot Platz nahmen. »Wir haben noch kaum etwas von Ihnen gehört.«

Hester runzelte mißbilligend die Stirn und sagte, in Cambridge sei es viel kälter als in der Gegend, aus der sie kämen.

Fred stocherte langsam stromauf. Als er ihnen erzählt hatte, daß Daisy Krankenpflegerin aus London sei, hatte er ihnen ziemlich alles gesagt, was er wußte. Mrs. Fairly versuchte es noch einmal.

»Sind Sie oft auf dem Fluß in London, Miss Saunders?«

»Ja, ich bin gern auf dem Wasser«, sagte Daisy. »Auf der Gravesend Ferry kann man sich gut amüsieren. – Sagen Sie doch Daisy zu mir, bitte.«

Mrs. Fairly ließ nicht locker: »Mein Sohn hat gar nicht erzählt, wie alt Sie sind.«

»Ich bin fast zwanzig.«

»Und Sie arbeiten als Pflegerin im Krankenhaus?«

»Also wirklich, Mutter, stell Daisy doch nicht immerzu solche Fragen«, unterbrach Hester. »Das klingt, als hättest du eine Stelle zu besetzen und wolltest herausfinden, ob sie in Frage kommt.«

»In gewisser Weise will sie das ja auch«, meinte Julia.

»Julia, das ist doch lächerlich«, sagte Mrs. Fairly scharf. »Ich hoffe, Miss Saunders genießt einfach die frische Luft, so wie ich es tue.«

Fred hatte beschlossen, sich nicht einzumischen. Er stakte das Boot sacht den frühlingshellen Fluß hinauf und fühlte sich ganz schwerelos, fast leichtsinnig. Nun waren sie in den *Backs*, und von da an begann er aus alter Gewohnheit, auf besondere Stellen aufmerksam zu machen, etwas zu beschreiben, auf etwas hinzudeuten – die Weide dort, die über dem Wasser hängt, gleich neben der Wren Library, sie wird später im Jahr natürlich viel schöner aussehen (Mrs. Fairly nickte sachverständig wie in ihrem eigenen Garten), dort ist John's, die Seufzerbrücke, dann Clare, Kings's Bridge, das ist natürlich King's das rote Backsteingebäude ist Queen's, es sieht aus, als steige es unmittelbar aus dem Wasser auf, eigentlich aus seinem eigenen Spiegelbild. Wie oft hatten seine Mutter und seine Schwestern dieses Stück des Flusses und diese Gebäude bei früheren Besuchen wohl schon betrachtet? Aber Daisy hatte das alles noch nie gesehen, und die Pfarrfamilie, alterprobt in zahlreichen Gemeindeausflügen, verstand sich darauf, Dinge, die ihren Gästen neu waren, mit deren Augen noch einmal zu entdecken.

Als Fred wieder im Labor war und Daisy ihren Pflichten nachging, kam Mrs. Fairly beim Tee im Hospiz noch einmal auf Julias Äußerung zurück, oder besser, auf die Formulierung ›freie Stelle‹: »Also wirklich Julia! Fred darf doch gar nicht daran denken, St. Angelicus zu verlassen. Und das Mädchen selbst – «

»Was ist mit dem Mädchen selbst?« fragte Hester.

»Du weißt, daß Klassenunterschiede mich nicht beeindrucken, aber kannst du sie dir in der Gemeinde vorstellen?«

»Ich muß sie mir nicht in der Gemeinde vorstellen«, sagte Hester. »Ich kann mir aber gut vorstellen, wie sie *Votes for Women* verkauft.«

Julia erklärte ihr, sie sei wie der Vater in der Oper da.

»In welcher Oper, Julia?«

Der Name fiel Julia nicht ein, weshalb der Vergleich schwächlich ausfiel, aber sie hatte Daisy sehr hübsch gefunden. Mr. Fairly wurde in keinem dieser Punkte nach seiner Meinung gefragt. Fred hatte ihn für den Abend zum Essen im College eingeladen, und er war neben Professor Flowerdew plaziert worden, der ihm mit seinem üblichen melancholischen Lächeln eröffnet hatte, er könne keine großen Hoffnungen in die Zukunft des materiellen Universums setzen. Andererseits hatte er sehr anerkennend von Fred gesprochen.

Vierter Teil

Siebzehntes Kapitel
Dr. Matthews' Schauergeschichte

Seit der Sitzung des Clubs der Ungefälligen hatte Dr. Matthews sich in Gedanken mit Freds Unfall beschäftigt, was schließlich dazu führte, daß er mehr hineingeheimnißte als die Tatsachen hergaben. Von Wrayburn war wenig zu erfahren, aber Wrayburn war auch (obschon in seiner Arbeit sehr gewissenhaft) ein ahnungsloser Idiot. Matthews machte sich ein Liste mit Notizen: – *Der Fuhrmann, der den Unfall verursachte hat, ist verschwunden.* – Es war anzunehmen, daß er weglief, als er sah, was er angerichtet hatte. Und nicht die Straße entlang, sondern über die Felder. *Wie sieht die Umgebung aus?* – Offene Felder ohne Hecken, mit Bächen, an deren Rändern Weiden wachsen, ähnlich wie in unseren Fens im Landesinneren. *Wo konnte er sich verstecken?* – Sehr schwer zu sagen. Wir müssen annehmen, daß der Fuhrmann entweder nach Hause wollte, oder aber, weil das kaum der günstigste Zufluchtsort für jemanden ist, der von der Polizei gesucht wird, möglicherweise bei einem zuverlässigen Freund unterkriechen wollte. Er stammte aus der Gegend, hat der Bauer ausgesagt, und unsere Einheimischen halten nichts von weiten Reisen. Vielleicht hat er sich in einer Scheune versteckt oder zwischen zwei Kartoffelmieten, aber irgendwann mußte er zurück auf die Straße und zu Fuß weiter. *Aber auf der Straße wurde er nicht gesehen.*

Was ist zu tun? Wenn wir einen Mann finden wollen, der auf der Straße gesehen wurde und eindeutig ein Fuhrwerk gelenkt hat, der außerdem zwei Radfahrer angefahren hat, einen Mann und eine Frau – aber hier stocke ich. *War da nicht noch ein dritter Fahrradfahrer?* Und ist der nicht auch verschwunden? Und schärfen uns unsere Wissenschaftler und Rationalisten – möglicherweise fallen diese beiden Kategorien nicht immer zusammen – nicht ständig ein, daß wir uns auf nichts mehr verlassen können, wenn wir unseren eigenen Sinnen nicht trauen? Dieselben fünf Sinne, die römisch-katholische Priester beim Ausgang eines Menschen aus dieser Welt mit geweihtem Öl salben, um sie sozusagen aus der Pflicht zu entlassen, die sie nach besten Kräften für uns getan haben (ob wir immer nach besten Kräften Gutes für sie tun, ist eine andere Frage. Neulich habe ich einen Mann getroffen, einen Wissenschaftler, der tatsächlich nie Pfeife raucht.).

Ich komme nun wieder zu dem Fuhrmann. Man konnte ihn hören, sehen, ihm die Hand schütteln, und vermutlich konnte man ihn auch riechen, falls er einen ordentlichen Arbeitstag hinter sich hatte. Und doch war er weder auf der Straße noch am Straßenrand, noch sonstwo im weiteren Umkreis der Straße zu finden.

Ich glaube nun doch, daß sich der beste Weg zur Wahrheit eröffnet, wenn ich Ihnen eine Geschichte erzähle. Wir werden uns also des Analogieverfahrens bedienen, das bei den Theologen viel von seinem früheren Ansehen eingebüßt hat, aber, so habe ich mir sagen lassen, bei den Naturwissenschaftlern Boden gewinnt. Mit anderen Worten: Ich werde die gegenwärtige Situation mit einer vergangenen vergleichen, in der Hoffnung, daß dadurch etwas Licht in unsere Probleme gebracht wird. Ich sage das, obwohl ich nicht gern von meinen zweiundvierzig Jahre zurückliegenden Erfahrungen spreche oder auch nur daran denke. Was Sie damit anfangen können, müssen Sie selbst wissen.

Als ich ein junger Mann war, nahm ich an allen möglichen Ausgrabungen teil, ganz gleich, ob sie Aussicht auf Erfolg versprachen oder nicht. Sie müssen wissen, daß meine Neigungen sich früh manifestierten, ich spreche von den Entdeckungen, die man in alten Texten machen kann, und von den Funden, die man der Erde selbst oder in höherem Maß noch Ziegel- und Natursteinen ablisten kann. Eine ganz beschauliche Beschäftigung, sollte man annehmen. Wie auch immer, es traf sich so, daß wir während unserer Sommerexpedition im Jahr 1869 ausgerechnet die Äcker untersuchten, die gegenüber dem jetzigen Turner-Hof liegen – nur daß es damals kein Haus in der näheren Umgebung gab und auch keinen Mr. Turner – (Hinton hieß der Hof damals) –, und statt der Straße war da nur ein Fahrweg durch die Felder, der dort, wo er am Hoftor verlief, zu einer Art Brücke erhöht war. An der Stelle war er mit Backsteinmauern gestützt; nach einem Sommergewitter konnte man Uferschwalben beobachten, die durch die Drainagelöcher im Mauerwerk ein- und ausflogen, und so viele Mauersegler wie dort habe ich sonst nirgends gesehen.

Das Mauerwerk war sehr alt, mit Sicherheit noch aus dem Mittelalter. Der Leiter unserer kleinen Expedition, Edward Nisbet (Sie werden seinen Namen nicht mehr kennen) hatte nachgewiesen, daß an diesem unwahrscheinlichen Ort in der Zeit zwischen der zweiten Hälfte des dreizehnten Jahrhunderts und dem Jahr 1427 ein kleines Nonnenkloster stand. Die Nonnen waren Schwestern von den *Seven Sorrows*. Das Kloster war der Heiligen Salomé, der Hebamme der Jungfrau Maria, geweiht. Es ist denkbar, daß der Bauernhof in jener Zeit mit dem Kloster verbunden war. Wir vier Expeditionsmitglieder wohnten am Grabungsort und schliefen jeweils zu zweit in den Himmelbetten auf dem Dachboden. Die Bauersfrau war ganz erfreut, uns als Pensionäre zu haben. Der Verkauf von Eiern und Geflügel und gelegentliche Übernachtungsgäste waren die einzigen zusätzlichen Einnahmequellen, auf die sie hoffen konnte, und wie viele Leute verirrten sich damals, als die Straße noch nicht gebaut war, schon in diese Gegend?

»Die jungen Herren haben doch hoffentlich gut geschlafen«, erkundigte sie sich am ersten Morgen. Wir beeilten uns, sie dessen zu versichern, nur Nisbet, der bei aller Höflichkeit doch auch viel Wert auf Genauigkeit legte, zögerte.

»Nichts von Bedeutung, aber Sie und Ihre Freunde haben noch sehr lange gesungen und geredet, Mrs. Hinton.«

»Sie meinen, ich und Hinton? Wir gehen nie spät zu Bett. Dafür arbeiten wir zu hart.«

Wir anderen spürten einen Beiklang von Ärger oder Selbstgerechtigkeit und betonten nun, daß wir nichts gehört hätten. Ich hatte im selben Raum wie Nisbet geschlafen und ganz bestimmt keinen Laut vernommen.

Wir hatten Hinton Geld dafür gegeben, daß er die oberste Erdschicht abtragen ließ, um sofort mit unseren Messungen und Zeichnungen anfangen zu können. Wir hatten auch zwei Landarbeiter angeheuert, die sich die Ausgrabungen ansahen und meinten, darin am ehesten eine gewisse Ähnlichkeit mit einer Reihe Schweineställe zu finden. Der Grundriß des Konvents erweckte, ehrlich gesagt, keine Hoffnung auf etwas Besonderes. Das einzig wirkliche Interesse an dem Ort lag begründet in dem Bericht einer Kommission aus dem Jahr 1426, die dort im Auftrag des Bischofs von Ely eine Inspektion durchgeführt hatte. Zu dieser Zeit war der Konvent heruntergekommen. Nur zwei sehr alte Frauen im Nonnenhabit lebten noch dort, beide schmutzig und vernachlässigt, außerdem eine dritte, ebenfalls alte, die angeblich ein unmoralisches Leben führte. Das Dach wurde in dem Bericht beschrieben als »unzureichender Schutz gegen den Regen«. Der Bischof hat anscheinend noch einen zweiten Beauftragten geschickt, der Vollmacht hatte, die Frauen notfalls zu evakuieren und im Konvent St. Radegund unterzubringen. Der Ort war aber unwichtig geworden, und weitere Berichte sind nicht überliefert. Man weiß weder, ob der Abgesandte des Bischofs überhaupt eingetroffen ist, noch läßt sich feststellen, was mit ihm geschah. Als die Straße gebaut wurde, hatte sich über dreihundert Jahre lang kein Hinweis darauf gefunden, an welcher Stelle das Nonnenkloster einst gestanden hatte. Gras war darüber gewachsen, auf dem Vieh weidete.

Nisbet ging es auch in der folgenden Nacht nicht besser; er weckte mich, indem er mir kaltes Wasser ins Gesicht schüttete, und sagte mir, diesmal habe er die Stimmen nicht nur gehört, sondern auch ganz deutlich verstanden, was gesagt wurde.

»Hinein, hinein...«, immer wieder, und einmal: »Hinein mit ihm. Hinunter, hinunter...« Die Stimmen wurden sehr schrill und laut, lauter als Frauenstimmen, meinte er. Sie hatten ihm grauenvoll in den Ohren geklungen.

Zuerst dachten wir daran, daß Mrs. Hinton sich einen Scherz erlaubt haben könne, verwarfen den Gedanken aber schnell wieder. Mrs. Hinton lachte nur ein einziges Mal während unseres Aufenthaltes, und das war, als einer von uns über die Türschwelle zu ihrer Küche stolperte und längelang hinfiel. Da lachte sie, sie lachte Tränen und keuchte vor Lachen. In einem ganzen Jahr sähe sie sonst nicht so etwas, sagte sie, und der Anblick habe ihr gut getan.

»Wir müssen froh sein, daß wir unserer Wirtin gut getan haben«, sagte Nisbet. »Zu Rheumatismus neigt sie ja wohl nicht, fällt mir dabei ein.«

»Wahrscheinlich sind die Fens überhaupt Fieberbrutstätten«, sagte ich.

»Hast du schon was davon gemerkt, Matthews?« – Er etwa, fragte ich.

»Ich habe Schmerzen«, gab er zur Antwort, und ich sah ihn genauer an (wenn man mit jemandem auf engem Raum zusammenlebt, betrachtet man ihn nicht mehr aufmerksam) und nahm plötzlich wahr, daß er grau vor Blässe war und tiefe Schatten um Augen und Nase hatte, also aussah wie ein sehr Kranker.

»Was für Schmerzen?«

»Es sind Beklemmungen. Ich fühle mich beengt.«

»Das bildest du dir nur ein, Nisbet.«

»Es ist keine Einbildung.«

»Komm, wir gehen an die frische Luft.«

Wir gingen zur Ausgrabungsstelle hinunter, obwohl es gerade erst hell wurde. Nisbet schlug sofort vor, wir sollten das Backsteinmauerwerk und die Drainagerohre in der Grube freilegen.

Daß die Drainagerohre mit Sicherhalt so alt waren wie der Konvent, habe ich schon erwähnt. Sie wurden natürlich nicht mehr zur Entwässerung des Ackers genutzt. Trotzdem, wenn man sie ausbaute, mußte man sie auch wieder an die alte Stelle zurücklegen, und unsere Landarbeiter trauten sich diese Arbeit offenbar beide nicht zu. Zu unserem Erstaunen äußerten sie übereinstimmend, man solle sich lieber nicht an alten Entwässerungsanlagen zu schaffen machen, das sei nicht gut, außerdem wisse man nie, was unten drunter liege.

»Aber genau deshalb sind wir ja hier«, sagte ich. »Dafür bezahlen wir euch doch. Wir wollen vor allem wissen, was unten drunter ist.«

Sie blieben bei ihrer Meinung. Sie hätten schon erlebt, was bei solchen Arbeiten am Ende herauskomme: erst breche der Boden an einigen Stellen ein, und dann stürze alles zusammen. Trotz unserer drängenden Bitten konnten sie aber nichts Genaueres dazu sagen. Dennoch bin ich überzeugt, daß wir nicht auf unserem Vorhaben beharrt hätten, wäre Nisbet nicht so besessen von Eifer und wie magisch angezogen von den eingemauerten Drainagerohren gewesen, zu Zeiten, während derer wir Messungen vornahmen und an unseren Aufzeichnungen saßen.

»Verflixt noch mal«, sagten die anderen, »er schnüffelt herum wie ein Hund an der Jauchegrube.«

Er ging vor uns aus dem Haus und kam nach uns wieder. In der Hoffnung, die angespannte Atmosphäre etwas auflockern zu können, fragte ich ihn, ob er etwas Auffallendes gesehen habe. Zu meiner Überraschung gab er zur Antwort: ja, möglicherweise schon.

»Und was oder wen denn?«

Widerstrebend erzählte er, ihm sei eine alte Frau begegnet, die bei seinem Anblick ihren Mund weit aufgerissen habe, als ob sie nach Luft schnappe oder schmatzend kaue. Sie sei ganz zahnlos gewesen. Nun waren vor vierzig Jahren zahnlose alte Frauen eher normal als selten. Wenn sie arm waren, konnten sie nichts dagegen tun. Ich fragte Nisbet, warum ihn das beunruhige. Er antwortete, er habe Angst gehabt, sie wolle ihn anfassen. Das Lachen, das mich überkommen wollte, blieb mir in der Kehle stecken, als ich ihn ansah.

»Wohin ist sie gegangen?«

»Nach Guestingley, glaube ich. Ich wüßte nicht, wohin sonst.« Dann noch einmal: »Ich hatte Angst, jetzt faßt sie mich an.«

Ich weiß nicht mehr, ob ich schon gesagt habe, daß die beiden anderen Mitglieder unserer Gruppe Medizinstudenten waren. Das war keineswegs eine Garantie dafür, daß sie besonders viel wußten, aber trotzdem beschloß ich, sie nach den Auswirkungen übergroßer Anspannung zu fragen, und mit ihnen zu überlegen, ob wir nicht Nisbet raten oder nahelegen sollten, so schnell wie möglich nach Hause zu fahren. Aber bevor ich eine Gelegenheit dazu gefunden hatte, erzählte mir Nisbet, er sei in der Nacht zuvor, als ich, wie ich zugeben muß, tief und fest geschlafen hatte, wieder zur Ausgrabungsstelle gegangen und habe das Mauerwerk im hellen Mondlicht inspiziert.

»Und, war deine alte Frau wieder da?«

Drei Frauen habe er gesehen, sagte er. Sie hockten, auf Hände und Knie gestützt, unten in dem Grabungsloch und starrten konzentriert auf etwas Großes Dunkles, das sie mitgeschleppt hatten. Es war der nackte Körper eines Mannes. Der Mann war nicht tot, denn die Beine und die Füße zuckten etwas. Dann wurde der Mann, dem die Knochen – in einer Prozedur, die Nisbet nicht hatte sehen können –, zerschlagen und zusammengequetscht worden waren, bis sein Körper sich zu grotesker Länge und Schmalheit verzerren ließ, langsam Zentimeter für Zentimeter in das Drainagerohr gedrückt. Er gab keinen Laut von sich, nur die Füße zuckten immer noch.

– »Und was haben sie gesagt, diese Frauen?«

– »Sie sagten ›hinein‹, ›hinein‹ und dann ›hinunter‹.«

»Heute nacht wird Mondlicht sein«, sagte ich. »Ich kann mir nicht helfen, Tageslicht wäre mir lieber, man kann dann viel genauer beobachten, aber wenn du wieder nachtwandeln willst, dann komme ich mit.«

Er sah mich an, als könne er sich nicht besinnen, wer ich eigentlich sei. Man muß wissen, daß er inzwischen fast gar nichts mehr aß, wohingegen wir anderen nach einem ganzen Arbeitstag im Freien immer sehr großen Appetit hatten. Wir konnten ihn natürlich nicht bitten, uns beim Essen allein zu lassen, aber es wäre wesentlich angenehmer gewesen, wenn er nicht dabeigesessen hätte. Mrs. Hinton fand offensichtlich, wer bezahle, habe auch Anspruch auf Essen. Also stellte sie vollbeladene Teller vor ihn hin und räumte sie ohne ein Wort wieder ab, obwohl er nichts angerührt hatte.

Wir gingen in unsere Zimmer und zu Bett.

»Um Gottes willen, was machst du denn?« schrie ich, aus dem Schlaf aufschreckend. Ich hatte geschlafen, und Nisbet, der sich gar nicht ausgezogen hatte, verließ gerade das

Zimmer. Ich zog meine Norfolk-Jacke an und ging ihm nach. Kaum war er aus dem Haus, da fing Nisbet, der nie rannte, plötzlich an, sehr schnell zu laufen. Als ich ihn einholte, befanden wir uns wieder an dem unglückseligen Ort. Er lag an der Grabungsstelle, die noch feucht war und voller Ranken und Sommergräser.

»Ich habe auf dich gewartet Matthews.«

»Gewartet womit? Hast du was gefunden?«

»Ich habe nichts gesucht. Ich weiß, was da ist. Es geht um was anderes – hast du ein scharfes Messer?«

»Wofür? Wahrscheinlich kann ich eines aus der Küche holen.«

»Das hier hätte eigentlich alles ganz in der Stille getan werden müssen. Du mußt mir die Zunge abschneiden. Das wird deine Aufgabe sein.«

Ich war entschlossen, ihn ins Haus zurückzuschaffen. Er hatte offensichtlich den Verstand verloren, was eher eine Erleichterung war. Damals war ich ziemlich kräftig. Eher kräftiger als Nisbet. Jemanden wegschleifen ist leicht gesagt, aber wie soll man das schaffen, wenn man nicht einen Arm oder ein Bein zu fassen bekommt? Wir machten einen Ringkampf, beide mit Dreck und Gras bedeckt. Nisbet sagte ständig in einem unangenehmen Ton: »Hinein, hinein, Süßer. Hinein, hinein mit dir.«

»So geht's nicht, Alter«, keuchte ich. Dieses »Hinein, hinein« machte mir Gänsehaut. Ich konnte ihn nicht überwältigen, und auf einmal griff er in die Grube und steckte die rechte Hand und den Arm bis zur halben Länge in das Entwässerungsrohr. Der Himmel war voller Wolkenfetzen, und ich konnte kaum sehen, was ich tat. Ich warf mich auf den Boden und lag nun Schulter an Schulter mit ihm; meinen linken Arm schob ich unter seine linke Achselhöhle. Dann fing ich an zu ziehen. Es war nicht so, als wäre er in dem Tunnelrohr nur verhakt oder verklemmt gewesen. Nein, jemand zerrte an der anderen Seite, hielt gegen mich und versuchte ihn Schritt für Schritt zu sich hinzuziehen. »Los Nisbet, hilf mit«, brüllte ich ihm ins Ohr. »Denk, wir beide wären wieder in der Schule. Tauziehen, Nisbet, erinnere dich! Hiev doch!« Ich wußte nicht, wo Nisbet zur Schule gegangen war, aber mir fiel nichts Besseres ein, ihn aufzurütteln. Soweit ich sehen konnte, sah er kaum wie ein Schuljunge aus. Er tat nichts, mir zu helfen. Im Gegenteil, er versuchte wie ein Wahnsinniger, sich von mir loszureißen. Und immer noch dieses »Hinein, hinein«. Meine einzige Chance war, daß er ohnmächtig wurde (was schließlich auch geschah: er fiel bewußtlos zur Seite). Jetzt kam der Arm frei, plötzlich wie durch einen Rückstoß schnellte er aus dem Rohr. Die Hand war nicht ab, sie saß noch fest am Gelenk, aber sie bestand nur noch aus Knochen und Sehnen. Alles Fleisch war bis auf die letzte Faser abgerissen oder weggesogen. Sie hatten ganze Arbeit geleistet. »Er verblutet«, sagte ich laut. – Aber ich hatte offenbar schon vorher, ohne es selbst zu wissen, so gebrüllt: »Hilf mit, Nisbet« – und was-weiß-ich noch, daß die beiden anderen aus unserer Gruppe schon unterwegs waren, im Nachthemd kamen sie angerannt. Wie ihnen zumute war, als sie den armen Nisbet sahen, habe ich mir nicht überlegt.

Keiner von beiden hatte schon einmal mit einer großen Blutung fertig werden müssen, aber als sie ihn erst einmal auf dem Küchentisch liegen hatten, schafften sie es doch, ihm eine Aderklemme anzulegen. Den Arzt holte ich selbst. Ich habe vergessen, welche Erklärung ich ihm anbot. »Wir befinden uns gerade auf einer harmlosen kleinen Exkursion während der Sommerferien«, sagte ich. Der Arzt gab zurück, in all den Jahren, seit er praktiziere, sei ihm ein solcher Unfall nicht unter die Augen gekommen, schon gar nicht als Ergebnis einer harmlosen kleinen Exkursion.

Ich kann mir nicht denken, daß Sie noch einmal weiteres

von dieser Geschichte hören. Nisbet erholte sich zwar, weigerte sich aber immer entschieden, darüber zu reden. Er behielt einen bleibenden Schaden zurück, deshalb sah man davon ab, ihn, wie ursprünglich geplant, zu ordinieren. Er hatte den Arm bis zum Ellenbogen hinauf verloren, aber außerdem hatte auch das Gehirn gelitten. Ich glaube, er ging ins Ausland, nach Belgien, wenn ich mich recht erinnere; ja, es war Belgien.

Sie werden fragen, was aus den Ausgrabungen wurde. Sie wurden nicht wiederaufgenommen, allerdings mußte man beim Bau der Straße auch etwas graben. Als es soweit war, ließ ich es mir nicht nehmen nachzuforschen, ob etwas Bemerkenswertes dabei zum Vorschein gekommen war. Und tatsächlich: ein sehr altes männliches Skelett, eine Kuriosität von der grausigsten Art. Anscheinend war es erst zusammengequetscht und aufgerollt und danach gestreckt oder gedehnt worden. Es war kaum vorstellbar, wie so etwas hatte möglich sein können, vor allem, wenn der Mann bei der Prozedur noch nicht tot gewesen war. Ein paar Fleischfetzen fanden sich noch, sie sahen ungefähr aus wie die Lederzungen an Schuhen, sie waren eben im Moor konserviert. Am interessantesten für Historiker war ein anderer Fund: kleine Fetzen Pergamentpapier, die man irgendwann auf höchst respektlose Weise in den Leichnam gepackt oder gestopft hatte. Die wenigen Buchstaben, die man noch entziffern konnte (vollständige Worte gab es nicht), ergaben fast mit Sicherheit, daß diese Fetzen Teil eines *quoniam igitur* waren – eines vom Bischof erlassenen Räumungsbefehls, der einer zweiten Inspektion gefolgt war. Sie dürfen nicht vergessen, daß wir im *Public Record Office* zwar mehr als zehntausend mittelalterliche *significavit*-Urkunden haben, aber bis zum Zeitpunkt dieses Fundes keine einzige *quoniam igitur*-Urkunde. Deshalb werden Sie die Erregung der Historiker verständlich finden. Ich muß allerdings dazusagen, daß Historiker nach meiner Erfahrung ein leicht erregbares Völkchen sind.

Jetzt möchten Sie sicher, daß ich auf meine Analogie zurückkomme. Aber, wenn ich es recht bedenke, ist es nicht ganz eine Analogie. Wir gingen von der Frage aus, was einem unglückseligen Fuhrmann und dem ebenfalls verschwundenen dritten Radfahrer zugestoßen sein könnte. Sie wurden weder auf noch neben der Straße gefunden, dessen versichert uns die Polizei. Aber nun sagen Sie mir, müßten wir nicht auch *unter* der Straße nachsehen? Ich meine damit nicht, daß Fuhrmann und Radfahrer Opfer menschlicher Gewalt geworden sind. Aber begraben sind sie, glaube ich, und zwar unter dem Straßenbelag, dort wo das alte gemauerte Drainagerohr verläuft. Friede dem, was von ihnen geblieben ist! Wir sagen, jemand »habe sich in Luft aufgelöst«. Sie dagegen sind vom Erdboden verschluckt und vom Moorwasser. Es gibt Orte – nicht immer sind sie besonders eindrucksvoll oder auch nur auffällig –, deren Ruhe man nicht stören darf. An solchen Orten ist einstmals etwas so Grausiges oder Abscheuliches geschehen, daß jede Störung eine Wiederholung des Geschehenen fordert – eine Wiedergutmachung durch Menschenblut könnte man das nennen. Wann und wie oft? Nun, solches Wissen von Ort und Zahl steht uns nicht zu. Lassen Sie uns, jeder für sich, die Hand aufs Herz legen und darüber nachsinnen, ob wir uns nicht das eine oder andere Mal an einem Ort aufgehalten haben, an dem allem Anschein nach kein Frieden eingekehrt ist, einem Ort, der vielmehr darauf wartet, zur Ruhe gebracht zu werden. Der Fuhrmann und der Radfahrer sind nicht mehr. Sagen wir, geschehen ist geschehen. Ich werde immer wieder gefragt, ob ich an diese Dinge glaube. Dazu kann ich nur sagen, ich bin bereit, die Beweisstücke zu prüfen und zu akzeptieren, wenn sie mir zureichend vorkommen.

Niedergeschrieben war Dr. Matthews' Geschichte nun. Wo und wem sollte sie nun vorgelesen werden? Darin bestand immer der zweite Teil seines Exorzismus, wenn er sich von etwas befreien mußte, das ihm auf der Seele lag. Gewöhnlich wartete er damit bis Oktober, bis Allerseelen und Allerheiligen, wenn die Toten des vergangenen Jahres eingeladen werden, aus ihrem unheimlichen Reich noch einmal an ihre alten Plätze zurückzukehren und am eigenen Tisch zu sitzen. In der Zeit las er oft den Burrowers vor, einer Gesellschaft für Mittelalter-Paläographen. Aber diesmal war ihm nicht danach, bis zur nächsten Sitzung zu warten.

»Eine außergewöhnliche Ungeduld«, sagte er sich. Als er mit dem Manuskript unter dem Arm den Protector's Court bei St. James überquerte, traf er den Junior Dean.

»Ach, Hartley!« Hartley konnte seinem Provost kaum abschlagen, ihm eine halbe Stunde zuzuhören. Zu zweit gingen sie zu Dr. Matthews Wohnung zurück. Als er mit dem Vorlesen zu Ende war – Dr. Matthews hatte sorgfältig gelesen und jeder Stimme einen eigenen Ton gegeben –, schwieg er erwartungsvoll und blickte fragend durch seine runde Brille.

»Das hat mir viel Freude gemacht, Provost«, sagte der Junior Dean. Erneutes Schweigen, das konnte nicht das sein, was hier verlangt war, also redete er weiter: »Einen gewissen Symbolismus habe ich herausgehört und vielleicht eine leichte Anspielung auf Sex.«

»Ich hoffe doch, daß nichts Derartiges darin ist. Ich ändere nie etwas an meinen Geschichten, und diese bleibt auch, wie sie ist. Trotzdem hoffe ich, wie gesagt, daß nichts Derartiges darin steht. Sex ist schon in Romanen reichlich langweilig. In einer Schauergeschichte könnte ich ihn nicht dulden.«

»Aber wer Sex im Leben nicht langweilig findet, wird in erfundenen Geschichten auch nicht davon gelangweilt.«

»Aber ich *finde* ihn im Leben langweilig«, gab Dr. Matthews zurück. »Oder, genauer gesagt, ich langweile mich, wenn ich höre, wie wichtig andere Menschen ihn nehmen. Daß einem immer und immer wieder davon erzählt wird!«

Der Junior Dean war nicht der Meinung, er habe die Geschichte weitererzählt. Trotzdem war sie bald in aller Munde und mit ihr das Gerücht, der Provost von St. James glaube, daß einer, vielleicht sogar zwei Menschen erst kürzlich unter der Guestingley Road begraben worden seien, nur ein paar Kilometer von Dr. Sages Irrenanstalt entfernt. Nach einer Weile lieferte die Realität eine Ausschmückung des Märchens: die Polizei zog einen Antrag auf Sperrung der Straße in Betracht, um eine Untersuchung einleiten zu können – das würde bedeuten, daß Pferde und Autos einen beträchtlichen Umweg machen müßten. Die Polizei, die in der Unfallsache nichts unternommen hatte, weil sie nichts in der Hand hatte, war sich darüber klar, daß der Provost bei aller Exzentrizität doch ein Mann war, dessen Meinung Gewicht hatte; es war bekannt, daß er häufig nach London fuhr, wo einflußreiche Leute sich von ihm beraten ließen. Es bestand wohl nur geringe Wahrscheinlichkeit, daß er bei solchen Gelegenheiten über den verschwundenen Fuhrmann redete, aber die Polizei war ohnehin entschlossen, den ärgerlichen Fall nun zum Abschluß zu bringen. George Turner, Bauer, wurde vorgeladen, weil er einem Fuhrmann oder Fahrer, zu dem er im Verhältnis von Arbeitgeber zu Arbeitnehmer stand, ein Fahrzeug gegeben habe, das den Sicherheitsbestimmungen nicht entsprach, da es weder Vorder- noch Rücklicht im Sinne des Straßenbeleuchtungsgesetzes von 1904 hatte, weil er außerdem als Arbeitgeber die Verantwortung trage für die Straftaten seines Angestellten, der am 2. März 1912 das oben erwähnte Fahrzeug ohne ausreichende Sorgfalt und Vorsicht geführt und Frederick Aylmer

Fairly und Daisy Saunders verletzt und deren Maschinen beschädigt habe. Der Gerichtsschreiber schrieb Turner und fragte ihn, ob er vorhabe, selbst vor Gericht zu erscheinen oder sich durch einen Rechtsanwalt vertreten lassen wolle. Turner schrieb zurück: beides. Die Polizei gab die Hoffnung auf, daß die ganze Sache als bloße Formalität zu behandeln sei. Fred, Daisy und Mrs. Wrayburn wurden als Zeugen vorgeladen.

»Dich werden sie nicht brauchen«, sagte Mrs. Wrayburn zu ihrem Mann, »kein Grund zur Beunruhigung für dich.«

»Ich kann mir denken, sie wissen, daß meine Zeit kostbar ist. Vielleicht ist ihnen bewußt, daß ich mit Arbeit überlastet bin. Ich bin erstaunt, daß sie soviel Verstand haben. Wenn sie versucht hätten, mich vorzuladen, hätte ich mich gezwungen gesehen, das Kommen zu verweigern. Und wenn sie es daraufhin für angebracht gehalten hätten, mich zu verhaften, dann wäre ich bereit gewesen, aus Prinzipientreue ins Gefängnis zu gehen. Die Suffragetten brauchen sich nicht einzubilden, sie hätten ein Monopol darauf.«

Man lud ihn nicht vor, und er beklagte sich weiter.

Achtzehntes Kapitel
Eine ungewöhnliche Gerichtsverhandlung

Die Verhandlung wurde um zehn Uhr eröffnet; Vorsitzender war der kürzlich ernannte ehrenamtliche Schiedsmann. Fred, Daisy und Mrs. Wrayburn mußten im Zeugenraum warten. Das Verfahren sollte nicht lange dauern, und Daisy hatte ihre Sachen in einer Tasche und wollte anschließend weiter zur Klinik radeln. Sie sah sehr blaß aus. Ihr Gesicht hatte immer noch einen Hauch von Frische, aber die Augen waren blicklos wie die eines Marmorbildes und spiegelten keinerlei Empfindung wieder. Mrs. Wrayburn, kühn und kampfbereit wie immer, diesmal in roten Russenstiefeln und Leinenkasack, mühte sich nach Kräften, die beiden aufzuheitern, indem sie ihnen weismachte, sie seien mit Häftlingen verwechselt und eingesperrt worden (das Wartezimmer war klein und stickig), es könne nicht mehr lange dauern, bis der Blechnapf mit Hafersuppe komme und sie Postsäcke nähen müßten.

»Mrs. Wrayburn, mir ist nicht zum Lachen zumute«, sagte Daisy, »und der Himmel weiß, warum Ihnen danach ist. Wenn Sie kein gutes Werk getan und uns nicht von der Straße aufgelesen hätten, müßten Sie heute nicht Ihre Zeit hier vergeuden. Ist Ihnen der Gedanke nicht gekommen?«

»Ein bißchen schon«, meinte Mrs. Wrayburn.

Die Zeugen durften nicht in den Gerichtssaal, bevor die Klage gegen George Turner verlesen war. Ein Polizeikommissar trat als Kläger auf. »Sie heißen Richard Catcher und sind Kriminalinspektor«, las er seinem ersten Zeugen mit rasanter Geschwindigkeit aus dem Protokoll vor. »Haben Sie am 4. April Mr. George Turner im Turner-Hof, Guestingley Road vernommen, und haben Sie ihn zweier Vergehen beschuldigt, und wurde er ausfallend, und gab es Anzeichen dafür, daß er versuchte, Sie in der Ausübung Ihrer Pflicht zu behindern, und hat er Sie gefragt, warum Sie das verschwundene Fuhrwerk nicht gefunden hätten, und hat er erklärt, eher könne ein Hund die Flöhe an seinem eigenen Arsch schnappen, als die Polizei von Cambridgeshire einen gesuchten Mann finden?« Der Kriminalinspektor hatte das bestätigt.

Fred wurde vereidigt und als Zeuge befragt. Er sah George Turner zum erstenmal, der mit verbissenem Ausdruck dasaß, in einem steifen Sonntagskragen, der zu weit für seine faltigen windgegerbten Hals war, die Hände auf den Knien, ein schlichter, untadeliger Mann, den die juristischen Wendungen vollkommen verwirrten. Sein Verteidiger, der sich nun erhob, um Fred ins Kreuzverhör zu nehmen, schien begierig, gute Arbeit für sein Geld zu leisten. Er fragte Fred, ob er gute Augen habe. Fred bejahte das. Der Verteidiger sah ganz niedergeschlagen aus. Ob es stockdunkel gewesen sei. Nein, das nicht, aber ziemlich finster.

»Mr. Fairly«, setzte der Verteidiger das Verhör fort, »würden Sie sich als Wissenschaftler und Philosophen bezeichnen?«

Der Vorsitzende fragte, ob das für den Fall von Bedeutung sei. Der Verteidiger erklärte, er habe Zweifel an der Zuverlässigkeit des Zeugen.

»Philosoph bin ich nie gewesen«, antwortete Fred. »Sollten Sie der Meinung sein, daß ich, weil ich Wissenschaftler bin, nicht sehen kann, wohin mich meine Füße tragen, dann muß ich Sie enttäuschen: Sie irren sich.«

Nachdem Fred sich gesetzt hatte, wurde Mrs. Wrayburn bereidigt und gab an, sie sei Hausfrau. »Ich hätte einen Examensabschluß, wenn die Universität Frauen zu Examina zuließe.«

»Mrs. Wrayburn, Sie sind Hausfrau«, fuhr der Kommissar fort. »Am Abend des 26. Februar hörten Sie vor Ihrem Haus ein Geräusch, das wie ein Zusammenstoß klang. Sie zogen einen wasserdichten Mantel an, gingen auf die Straße und sahen dort zwei Personen liegen, einen Mann und eine Frau, beide offensichtlich verletzt. Zu der Zeit konnten Sie die beiden nicht identifizieren. Sie gingen dann zu dem Bauernhof neben Ihrem Haus, um Hilfe zu holen, und trafen Mr. Turners Sohn an, der die beiden Opfer nacheinander auf einem Handwagen in Ihr Haus schaffte.«

»Ist Mr. Turners Sohn im Saal anwesend?« fragte der Vorsitzende. Der Sohn fehlte entschuldigt, weil er erkrankt war.

Man hatte ihm gestattet, eine schriftliche Aussage an Eides Statt abzugeben, worin er erklärte, er wisse weder, wen sein Vater als Fahrer des Fuhrwerks angestellt hatte, noch ob es beleuchtet war oder nicht. Er glaube aber, irgendwelches Licht müsse es wohl gehabt haben, sonst hätte der Fuhrmann ja nichts sehen können.

»Da hatten Sie Glück, daß Sie soviel Vernünftiges aus ihm rausgebracht haben«, rief George Turner dazwischen.

Der Vorsitzende belehrte ihn, daß er noch Gelegenheit zur Aussage bekomme. »Ich hab 'ne ganze Menge zu sagen«, gab Turner zurück.

Fred war jedesmal wieder überrascht, wenn er Daisy sah, und obwohl er sich einbildete, er vergesse nie etwas an ihr, war er immer aufs neue verblüfft, wie viel er doch nicht ganz genau im Gedächtnis behalten hatte. Die Beweisaufnahme hatte bis jetzt nur ungefähr zwanzig Minuten gedauert. Vor ungefähr zwanzig Minuten also hatte er noch mit ihr im Warteraum für Zeugen gesessen. Er hatte bemerkt, daß sie blaß war, aber erst jetzt fiel ihm auf, daß er die besondere Art ihrer Blässe nicht richtig beachtet hatte, sie glich im Ton einer weißen Teerose, deren Farbe unter der Oberfläche verborgen ist und sich nur gerade erraten läßt. Während Fred sich solchen Träumereien hingab (und dabei Machs Grundsatz völlig außer acht ließ, wonach das Element des Wunderbaren niemals im Phänomen selbst, sondern immer im Beobachter des Phänomens liegt), wurde Daisy vereidigt.

»Mr. Fairly hat neulich bei der Beweisaufnahme ausgesagt, daß Sie entweder neben oder unmittelbar hinter einem anderen Radfahrer gefahren sind«, begann der Kommissar, »einem Mann, der selbstverständlich Augenzeuge des Unfalls gewesen sein muß. Sie müssen diesen Mann gesehen haben, und es besteht die Möglichkeit, daß Sie ihn kennen.

Also Miss Saunders, können Sie dem Gericht den Namen dieses Mannes sagen oder sonstige Informationen über ihn geben?«

»Nein, kann ich nicht«, sagte Daisy.

»Sie wissen nicht, wer der Mann war?«

»Nein, weiß ich nicht.«

»Sind Sie mit diesem Mann befreundet oder bekannt?«

»Nein.«

»Aber Sie sind mit ihm Rad gefahren?«

»Ich fuhr hinter ihm.«

Der Vorsitzende sagte, ihm liege daran, diesen Punkt zu klären. Auch er hatte Daisys Blässe bemerkt, hatte sie aber Menstruationsproblemen zugeschrieben. Weil es ihm sehr unangenehm war, wenn jemand im Gerichtssaal ohnmächtig wurde, versuchte er, ihr eine kleine Erholungspause zu verschaffen.

»Wissen Sie, Miss Saunders, der Polizei ist es nicht gelungen, den Mann ausfindig zu machen. Haben Sie eine Ahnung, wo man ihn finden könnte?«

»Wenn ich nicht weiß, wer er ist, kann ich doch nicht wissen, wo er hin ist!« rief Daisy.

»Das folgt daraus nicht zwingend, Miss Saunders.«

»Der Angeklagte ist berechtigt, in eigener Sache auszusagen«, erklärte der Richter.

»Zu sagen habe ich allerhand«, erwiderte George Turner, »aber mein Anwalt hier, der sagt mir, ich muß mich gar nicht verantworten, man kann mir nichts vorwerfen.«

»Ist das Ihre Einlassung?«

»Ja, das ist meine Einlassung, nach dem Recht in diesem Land.«

»Über das Recht in diesem Land müssen Sie mich nicht belehren«, sagte der Richter. »Ist das alles, was Sie zu sagen haben?«

»Ich will Ihnen mal was sagen: Sie können mir nicht die Verantwortung aufladen für einen, den Sie nicht zu fassen kriegen, und keiner von uns weiß seinen Nachnamen nicht. Von wegen, und in Cambridge, da läuft jetzt ein Professor herum, der behauptet, daß dieser Mann, ich meine, der den Wagen gefahren hat, daß der tot und begraben unter der Guestingley Road liegt.«

Weil George Turner diese letzte Bemerkung so vortrug, als mache er einen Scherz, gestattete sein Anwalt sich ein Lächeln. Turner setzte sich und verschränkte die Arme. Der Kommissar stand auf und wies den Richter darauf hin, daß die Polizei inzwischen weiteres Beweismaterial habe. Der Richter und sein Protokollführer steckten die Köpfe zusammen und murmelten in Übereinstimmung.

»Sie möchten eine schriftliche Erklärung vorlegen?«

»Ich kann den Zeugen in Person aufrufen, Euer Ehren. Er ist vor zehn Minuten hier eingetroffen.«

Ein Polizist wurde in den Warteraum für Zeugen geschickt, und Kelly trat in den Gerichtssaal. Er trug eine hirschlederne Weste wie die Verkäufer von todsicheren Tips vor Wettbüros, und er sah krank und grausam aus. Als er sich wissend und erfahren umsah, lagen im Gerichtssaal zum erstenmal Schuld und Gefahr in der Luft, fühlbar wie heißer Atem im Gesicht.

Kelly gab als Beruf Zeitungsredakteur und Journalist an. Der Richter, der ungeduldig wurde, meinte, das eine impliziere wohl das andere. Kelly gab keine Antwort darauf. Er starrte vor sich hin und leckte sich die Lippen, als sei er durstig. Befragt, wo er am Abend des 26. Februar gewesen sei, antwortete er, am Stadtrand von Cambridge, Richtung Guestingley.

Ob er bis Guestingley gekommen sei? Nein. Um ein Haar sei er von einem Pferd und Fuhrwerk überrannt worden, um dem auszuweichen, habe er einen großen Bogen über die ganze Breite der Straße nach rechts machen müssen.

Der Richter sagte: »Ich möchte wissen, ob Sie den Kutscher des Fuhrwerks beschreiben oder identifizieren können.«

»Ja, das kann ich. Als er sah, was er angerichtet hatte, sprang er vom Kutschbock und lief weg, auf den Hof zu. Ich habe ihn im Lichte meiner Fahrradlampe gesehen.«

»Können Sie ihn beschreiben?«

»Nicht nötig. Er ist hier.« Er machte eine Kopfbewegung in Turners Richtung. »Der da hat das Fuhrwerk gefahren.«

Turner brüllte vor Wut und wurde brüllend aus dem Saal geführt, war aber noch zu hören, als er draußen im Korridor mit dem Polizisten stritt und erst ruhig, dann weniger ruhig gegen die Freiheitsberaubung protestierte.

»Ich werde diesen Prozeß vertagen, bis die Vorladung ergänzt ist«, sagte der Richter. »Bitte, sagen Sie draußen Bescheid, daß man den Lärm einstellen möge und falls nötig, den Angeklagten in Haft nehmen soll. Inzwischen möchte ich noch einen oder zwei Punkte klären. Mr. Kelly, was genau haben Sie nach dem Unfall getan?«

»Ich fuhr wieder nach Cambridge und ging in Pett's Hotel. Dort hatte ich ein Zimmer für die Nacht reservieren lassen, für Daisy Saunders und mich. Ich wußte, daß sie irgendwann kommen mußte. Sie hatte kein Geld, und ihr Fahrrad war hin.«

»Beziehen Sie sich damit auf die Miss Saunders, die gegenwärtig hier im Gerichtssaal als Zeugin ist?«

»Ja, Daisy Saunders. Sie hat mich aber sitzen lassen. Sie ist erst am nächsten Morgen aufgetaucht.«

»Warum haben Sie den Unfall nicht sofort gemeldet, für den Fall, daß Hilfe gebraucht wurde?«

»Ich wollte mich da raus halten. Ich wollte nicht, daß

rauskommt, daß wir vorhatten, zusammen in ein Hotel zu gehen. Ich wollte ihr nicht alles vermasseln.«

Kellys Stimme war so leise und flach, daß der Richter und sein Protokollführer sich vorbeugten, womit sie gewöhnlich ihre Mißbilligung für Undeutlichkeit zum Ausdruck brachten. Der Richter wiederholte:

»Sie hatten den Wunsch, Miss Saunders nicht alles zu vermasseln. Ich nehme an, Sie wollen damit sagen, daß Sie den Wunsch hatten, ihr Peinlichkeiten zu ersparen. Was hat Sie zu der Entscheidung gebracht, sich jetzt zu melden? Bitte sprechen Sie laut und deutlich.«

»Ich habe meine Meinung geändert«, sagte Kelly. Dann brüllte er: »Himmelherrgott noch mal, jetzt will ich ihr alles vermasseln.«

Neunzehntes Kapitel
Kelly wird zur Ruhe gebettet

Mr. Turners Anwalt bekam ihn frei, und er wurde vorläufig, bis zum Abschluß weiterer Untersuchungen, verwarnt. Kelly wurde von der Polizei noch festgehalten, da man eine schriftliche Aussage mit seiner Unterschrift von ihm brauchte. Alle anderen durften gehen. Daisy nahm ihre Tasche und fuhr zu Dr. Sages Klinik. Sie hatte Kelly kein einziges Mal angesehen, obwohl er sie ständig fixiert hatte. Und mit Fred hatte sie kein Wort gesprochen.

Fred ging in ein kleines Café vor dem Amtsgericht und saß dort drei Stunden. Er bestellte sich eine Tasse Tee und drei Biscuits für fünf Pence und dachte an gar nichts. – Aber das ist doch unmöglich. – Man kann nicht an gar nichts denken. Also verhielt sich Fred mit Sicherheit unprofessionell, denn er wurde von der Universität dafür bezahlt, daß er seinen Verstand nutzte, und auch als Liebender benahm er sich unklug, aber ihm war nicht zu helfen, er war voll bitterer Gefühle, die sich erst in Benommenheit, dann in Leere auflösten.

Das Café war eigentlich das Vorderzimmer eines kleinen Hauses. In einem schlecht ziehenden Kamin kümmerte ein Kohlefeuerchen vor sich hin – richtige Kohlen waren es nicht, sondern Briketts aus Kohlestaub und Teeblättern. Nur drei Tische standen da. Die Wirtin kam durch einen Vorhang aus Perlenschnüren und fragte, ob sie das Gas höher stellen solle. Wenn Fred nicht lesen wolle, lasse sie es lieber kleingedreht. Fred erkannte in ihrer Stimme den Ton der Sorge ums Geld, der allgegenwärtig ist wie Meeresrauschen.

»Ich will nicht lesen«, sagte er. »Eigentlich brauche ich das Gas gar nicht.«

»Aber ich möchte nicht, daß es so aussieht, als hätte ich gar nicht offen. Ich wollte Sie sogar bitten, daß Sie sich ans Fenster setzen, damit es gemütlich aussieht, falls jemand vorbeikommt.«

Fred stand auf und setzte sich ans Fenster. Sie trug ihm Tasse und Teller nach. »Jetzt ist Ihr Tee leider kalt geworden. Ich hätte Sie schon eher darauf aufmerksam gemacht, aber ich wollte Sie nicht beim Denken stören.«

»Kommen hier viele Denker her?«

»Es kommen überhaupt nicht viele, weder Denker noch andere. Man sollte meinen, daß der Ort günstig liegt, neben dem Gericht und der Polizei. Aber vielleicht, wenn die Leute sehen, daß Sie sich unterhalten – noch besser, wenn Sie ein bißchen lachen könnten. Ich kann ja meinem Vater Bescheid sagen, daß er sich zu Ihnen an den Tisch setzt, er hört nur nicht gut.«

Fred versuchte ein Lächeln.

Sie fragte: »Haben Ihnen die Biscuits nicht geschmeckt?«

»Hören Sie, wenn die Polizei jemanden dort drin festhält,

weil sie ihm Fragen stellen will und so, und wenn sie ihn dann herausläßt, wird er doch über die Straße gehen und hier hereinkommen?«

»Nein, eben nicht«, sagte der Vater der Wirtin, der jetzt den Perlenvorhang beiseiteschob, daß die Schnüre klappernd gegeneinander schlugen, und ins Zimmer schlurfte. Er wirkte durchaus nicht taub. »Nie würde so einer hierherkommen. Wer von der Polizei festgehalten wird, geht danach weg, so schnell er kann.«

»Ich warte auf jemanden, der dort herauskommen muß. Deshalb sitze ich hier«, erklärte Fred.

Die Wirtin fragte: »Wollen Sie dann noch etwas bestellen?«

»Ja, ja, dasselbe noch mal.«

»Möchten Sie nicht lieber was auf Toast?«

»Ja, dasselbe noch mal, aber auf Toast.«

»Möchten Sie auch etwas für Ihren Freund?«

»Nichts will ich für den. Er ist nicht mein Freund. Ich bin eigentlich nicht die Kundschaft, auf die Sie gehofft haben, fürchte ich.«

»Ich habe junge Leute erwartet«, sagte sie unsicher.

»Ich bin fünfundzwanzig, fast sechsundzwanzig«, meinte er. Sie sah noch unsicherer aus.

»Aber vielleicht möchte Ihr Freund was auf Toast?«

»Für den möchte ich gar nichts bestellen. Ich will nicht mal mit ihm reden.«

»Sie warten jetzt seit drei Stunden auf ihn. Ich hätte ja gedacht, daß Ihnen deshalb dran liegt, mit ihm zu reden.«

»Ich möchte ihn verprügeln.«

Fred erkannte jetzt, woran er die ganze Zeit nicht gedacht hatte. Der alte Vater wollte sich ausschütten vor Lachen, er mußte sich an einer Stuhllehne festhalten. Zum Glück hatte Fred genug Geld bei sich, er hatte nämlich gehofft, er könne Daisy, und wenn es sein mußte, auch Mrs. Wrayburn zum Lunch einladen. Als er gerade bezahlte, was er im Lauf der Zeit bestellt hatte, sah er, daß Kelly die Stufen vor dem Polizeirevier hinunterkam, und spürte den eigenartigen Schock, der sich einstellt, wenn das lang Erwartete eintrifft. Kelly hatte den Hut ins Gesicht gezogen, nicht wie sonst in den Nacken geschoben, und der Kragen seiner Jacke war hochgeschlagen. Offenbar regnete es etwas. Als er den Bürgersteig erreichte, wendete er sich nach rechts und stolzierte wie üblich selbstsicher daher, was auf Fred wirkte wie das Imponiergehabe eines Mannes, der meint, ihm könne keine Frau widerstehen, so daß ein junges Mädchen, das er zufällig aufgegriffen und für eine Nacht in ein billiges Hotel mitgenommen hätte, ihm gar nichts bedeutete. Weniger als seine Jacke, die wäre nämlich schwerer zu ersetzen.

Da gab es nichts mehr zu überlegen. Fred sprintete über die Straße, hinter einem Motorrad und vor einem Rollwagen, holte Kelly ein, packte ihn am Kragen und wirbelte ihn herum. Das führte dazu, daß sich beide nicht mehr rühren konnten, weil Fred den Arm um Kellys Hals hatte und sie in einer Umarmung verfangen waren.

»Du bist der Schullehrer«, sagte Kelly. Er drehte den Kopf soweit er konnte und spuckte Fred ins Gesicht. »Hau ab, Schullehrer.« Fred nahm den Arm von Kellys Kragen, holte aus und traf in heftig genau unter dem Ohr. Das war kein fairer Schlag, aber Gerechtigkeit ist manchmal nur begrenzt erschwinglich. Kelly benahm sich ganz und gar nicht, wie Fred erwartet hätte. Er schwankte einen Augenblick, als wisse er nicht, ob er nach rechts oder links fallen sollte, und sackte dann so gründlich und vollständig in sich zusammen, als ob nur seine Jacke ihn aufrecht gehalten hätte. Er fiel vor einen Laden, eine Flickschneiderei, und blieb dort liegen, ohne sich zu rühren.

»Brauchst du Hilfe, Fred?« Das war Skippey, ganz unerwartet in dieser Gegend von Cambridge. »Da liegt nämlich einer auf dem Bürgersteig, genau vor deinen Füßen, weißt du das?« Passanten, die nichts mit der Sache zu tun haben wollten, machten einen großen Bogen um die jungen Männer.

»Ja, ich habe ihn zusammengeschlagen.«

»Tut es dir leid?«

»Nein, es tut mir nicht leid.«

»Aber man kann ihn nicht hier liegenlassen, Fairly.« Skippey hob Kellys Füße an, die in abgetragenen, spitz zulaufenden Stiefeln steckten. »Wohin mit ihm?«

»Ich weiß es ehrlich nicht, Skippey.«

»Irgendwas wird sich unterwegs schon ergeben.«

Skippey ging voran mit dem Rücken zu Kelly und schob seine Arme unter Kellys Knie. So überquerten sie ungehindert Parker's Piece. Er redete leise, aber ununterbrochen über die Schulter auf Fred ein, der hinter ihm ging, Kellys Kopf und Schultern hielt und auf den Hut achtete.

»Fairly, dieser ganze Vorfall paßt gar nicht zu dir.«

»Ich erzähle dir, wer das ist. Ich werde dir erzählen, was er versucht hat.«

»Das hat Zeit. Ich bin übrigens froh, daß ich dich getroffen habe, ich bin da nämlich auf ein Problem gestoßen, darüber würde ich gern mit dir diskutieren.«

Sie bahnten sich weiter ihren Weg auf der St. Andrew's Street zwischen den Leuten hindurch, die anderen Geschäften nachgingen.

»Du weißt doch, ich beschäftige mich mit den Michelson-Morley-Untersuchungen. Ich finde, die ganze Untersuchungsreihe muß wiederholt werden und noch genauer sein. Minimale Längenveränderungen in Verbindung mit Feinmessungen; daß ich das ganz allein mache, kann man kaum von mir erwarten, wenn ich meine anderen Pflichten auch noch zur Zufriedenheit erfüllen soll. Und trotzdem habe ich auf meine wiederholten Bitten um einen Assistenten noch gar nichts gehört.«

Sie umschifften eine Straßenecke, verloren dabei Kellys Hut, den ein Schuljunge ihnen wiederbrachte. Immer noch regnete es leise vor sich hin.

»Es ist ja nicht so, als stünden keine Mittel zur Verfügung, in einer großen Universität ist immer Geld da. Anbauten, medizinische Institute, überall wird gebaut. Alle wollen Bibliotheken haben, sogar die Parasitologen, ja Fairly, und die Ökonomen auch noch. Jawohl! Und das Gold scheint vom Himmel herab auf sie zu regnen. Nur ich weiß noch nicht mal sicher, ob sie meinen Antrag überhaupt zur Kenntnis genommen haben, und ob sie darüber beraten haben, weiß ich schon gar nicht.«

»Vielleicht halten sie es nicht mehr für sehr vordringlich, daß weiter an Michelson-Morley gearbeitet wird.«

»Ach Fairly! Aber ich bin noch nicht überzeugt, daß ihr Beweis auch nur annähernd vollständig ist.«

»Ich sehe nicht, wie ein vollständiger Beweis möglich sein soll«, sagte Fred. Er konnte nicht glauben, daß Kellys Ohnmacht sich so lange hinziehen konnte, es sei denn, er war ernstlich verletzt, und das glaubte er auch nicht. Kelly hatte jetzt eine gesündere Farbe als im Gerichtssaal. Vielleicht ließ er sich einfach gern herumtragen, wie ein Baby.

»Ich spreche ja nicht nur vom Interferometer, Fairly. Ich rede von den Fitzgerald-Lorenz-Kontraktionen oder Kontradiktionen.«

Skippeys Wortschwall und die hohe Stimme beruhigten alle Leute, an denen sie vorbeikamen. Entweder waren die beiden gute Kameraden, die einen Freund trugen, der zuviel getrunken hatte, oder aber sie führten ein Experiment mit Gewichten und Maßen durch, das irgendwie aus dem Sperrbezirk der Laboratorien ins Freie verrutscht war. Es sah so aus, als ob die beiden mit ihrer ungewöhnlichen Last unbegrenzt weiter reden und laufen könnten. Zu Freds Überraschung wußte Skippey aber ganz genau, wohin er wollte. Als sie am Botanischen Garten vorbeikamen, wendete er sich scharf nach rechts und ging durch den öffentlichen Eingang hinein.

»Ich will zu Batty. Vielleicht bist du ihm schon begegnet – botanische Morphologie und Homologie.«

»Warum denn?«

»Vielleicht erwische ich ihn in einem der Treibhäuser. Ich möchte ihn dazu bringen, daß er nächste Woche im Club der Ungefälligen vorträgt. Ich fände es gut, wenn er die These vertritt, daß wir ohne Bäume viel besser dran wären.«

Inzwischen ging die Öffnungszeit zu Ende. Die Gärten waren fast leer. Das Gras war zum erstenmal in diesem Frühling gemäht, und am Rand der weiten Rasenfläche stand ein großer Drahtkorb voll mit abgeschnittenem Gras.

»Dahinein, würde ich sagen«, sagte Skippey, in Gedanken schon bei wichtigeren Themen. Dann, als Kelly in dem weichen Grasnest abgelegt war, meinte er: »Ein vernünftiges Maß an Komfort, finde ich.«

Zwanzigstes Kapitel
Fred gibt seinen Studenten einen Rat

Eines von Freds Problemen bestand darin, daß er nur noch etwa zehn Minuten Zeit hatte, dann mußte er eine Vorlesung für seine Studenten im ersten Jahr, zweites Semester Experimentalphysik, halten. Bis zum letzten Moment von Skippey gefolgt, der unbedingt die Diskussion fortsetzen wollte, nahm er ein Taxi zum St. Angels, weil er seinen Talar noch holen mußte. Von der Pförtnerloge aus rief er im Botanischen Garten an. Mit dem Kurator wolle er nicht sprechen, erklärte er, sondern er habe eine Frage an den Gartenmeister. Ob ein schlafender Mann oder vielleicht ein Mann, dem es schlecht geworden war, in dem großen Graskorb an der Südostseite der Rasenfläche gewesen sei oder noch sei? Der Gartenmeister ging nachsehen und blieb für Freds Gefühl sehr lange fort. Ja, da war ein Mann gewesen. Sie hatten ihn in dem Korb gefunden, als sie den Garten schlossen. Wo er jetzt sei? Das könnten sie nicht sagen. Er war weggelaufen. Ob er krank gewirkt habe? Sehr krank eigentlich nicht, immerhin hatte er noch über den Zaun klettern können.

In Freds Zimmer fand sich der übliche kleine Stapel von Karten, Einladungen und Briefen. Einer war von Holcombe: »Als die Verhandlung heute morgen geschlossen wurde, konnte ich dich wieder mal, wie so oft, nicht finden. Deshalb schreibe ich Dir jetzt. Du hast mich wahrscheinlich nicht gesehen, ich war aber da, ganz hinten auf der Zuschauergalerie. Was ich Dir hatte sagen wollen, war in gewisser Weise eine Fortsetzung meines letzten Kurzbriefs, den ich ebenfalls am Abend einer Sitzung des Clubs der Ungefälligen geschrieben hatte. Darin gratulierte ich Dir, ohne Beigeschmack von Bitterkeit, hoffe ich, zu der Freiheit von allen ernstlichen emotionalen Erschütterungen, die Du als Junior Fellow vom St. Angelicus genießen darfst. Ich rief Dir in Erinnerung, daß es ganz sinnlos für Dich wäre, junge Frauen aus der Klasse der Heiratsfähigen kennenzulernen. Jetzt habe ich Deine Miss Saunders gesehen, und es ist nur allzu offenkundig, daß sie zwar gut aussieht, aber nicht zur Klasse der Heiratsfähigen gehört. Du wirst sie bestimmt nicht wiedersehen wollen, nach allem was vorgefallen ist, das kann ich mir gut vorstellen, aber Fairly, Du hast ja keine Ahnung, wie schwer es für mich ist, überhaupt an eine Frau zu kommen. Deshalb mein Vorschlag: Ich kann mir nicht leisten zu heiraten, und Miss Saunders vermutlich genauso wenig...«

Fred nahm seinen Talar vom Haken an der Tür und ging zum Cavendish.

Acht Undergraduates saßen dort, wo er vor acht Jahren gesessen hatte, froh, daß er jung war und voll Mitleid mit der Leichtherzigkeit der Mittelalten. Damals wie heute leitete J. J. Thomson das Cavendish (inzwischen war er allerdings Sir Joseph geworden), damals wie heute waren die Labors überfüllt mit Studenten, die sich alle ihre Geräte nach dem Trial-and-Error-Verfahren selbst zusammenbasteln mußten, wobei jeder von Glück sagen konnte, wenn er sich auch nur einen Platz an einem Tisch erobert hat. Das Zimmer ganz oben im Haus, in dem Fred jetzt lehrte, war (damals wie heute) eiskalt, weil die kupfernen Heizungsrohre nur einen sehr kleinen Durchmesser hatten – man hoffte, auf diese Weise Störungen des Magnetfeldes zu verhindern. Aus dieser armseligen Umgebung war unbestreitbare Größe hervorgewachsen. Kein Ort auf der ganzen Erde wäre den Studenten lieber gewesen. Sie waren im Cavendish.

Fred war ein guter Lehrer, von früh auf geübt in dieser Tätigkeit, da er schon in der Sonntagsschule ausgeholfen hatte. Alle Dorfkinder von Blow kamen jeden Sonntagnachmittag. Das war für ihre Eltern in den überfüllten Kotten die einzige Chance, ungestört miteinander ins Bett zu gehen. Im Pfarrhaus begriff man das sehr wohl. Fred und Mrs. Fairly und später dann Hester wußten, daß sie, ob Regen oder Sonnenschein, bis halb vier im Gemeindesaal hart am Ball bleiben mußten. »Was war die zweite ägyptische Plage?« – »Was war aus Akazien-Holz mit Goldüberzug?« – »Was hat Bileams Esel als erstes gesagt, als er sprechen konnte?« Seltsam, wie viele Dorfkinder in England, in Blow jedenfalls, diese Fragen ohne Zögern beantworten konnten.

Fred ließ seine Studenten wissen, daß er die Sitzung mit dem Gaußschen Theorem in der Anwendung auf Gravitationsfelder schließen werde. »Der gesamte äußere normale Gravitationsfluß über eine beliebige Oberfläche, die eine Masse m einschließt, ist gleich $4\pi m$. Die 4π erscheinen hier, weil wir ein irrationales System benutzen, und das negative Vorzeichen, weil das Gravitationsfeld immer auf eine Punktmasse wirkt.«

Aus irgendeinem Grund fanden die Studenten es notwendig, das alles mitzuschreiben. Ein Element sympathetischer Magie spielte dabei mit. Als der letzte mit Schreiben fertig und das letzte Tintenfaß wieder geschlossen war, sagte Fred: »Einen Augenblick noch. Vor zwei Wochen habe ich Sie einen Aufsatz schreiben lassen. Ich habe Ihre Arbeiten hier, aber ich werde sie noch nicht zurückgeben, ich bin nämlich nicht ganz zufrieden damit. ›Nicht ganz zufrieden‹ sagen wir, wie Sie wissen werden, an dieser Universität dann, wenn wir ›sehr unzufrieden‹ meinen. Sie erinnern sich, ich wollte eine allgemeine Betrachtung von Ihnen haben. Wenn ich Ihnen heute ein Thema stellen würde, wäre es sehr wahrscheinlich nicht mehr dasselbe, aber ich habe Sie nun einmal aufgefordert, ein rationales System zur Messung menschlichen Glücks zu entwickeln. Sie alle sahen sehr verblüfft aus. Anscheinend waren Sie der Meinung, ein Physiker, der sich daran begibt eine solche Frage zu beantworten, müsse verrückt sein. Als Seminarmitglieder hatten Sie nicht übel Lust, Ihr Lehrgeld zurückzuverlangen. Ich wollte mir jedoch die Gelegenheit verschaffen, Sie darauf aufmerksam zu machen, daß zwischen wissenschaftlichem Denken und alltäglichem Denken überhaupt kein Unterschied besteht. Wir wissen einiges über die Physiologie des Gedächtnisses und über die Physiologie der Sinne, aber die

Physiologie des Denkens verstehen wir noch nicht. Glauben Sie mir, wenn wir sie erst verstehen, werden wir erkennen, daß alles Denken auf genau dieselbe Weise geschieht.

Was immer Sie tun, meine Herren, glauben Sie nicht, daß Sie etwas Besonderes wären, nur weil Sie Wissenschaftler sind. Erlauben Sie sich niemals, auch nicht einen Augenblick, die Menschen zu verachten, deren Verstand anders als Ihrer arbeitet. In Wirklichkeit arbeitet er nämlich gar nicht anders. Reden Sie sich nicht ein, daß deren Ideen trivial sind. Es ist sehr gut für eine Idee, wenn sie trivial ist. Wichtig ist nur, daß eine neue Idee aus dem entsteht, was schon da ist, so daß sie bald selbst eine alte Bekannte wird. Alte Bekannte sind durchaus nicht immer willkommen, aber wenigstens weiß man immer, wer oder was sie sind; dabei kann man sich kaum irren.

Sie sind nach Cambridge gekommen, um die Interdependenz von Materie und Energie zu erforschen. Denken Sie bitte daran, daß Energie und Materie keinesfalls etwas von uns Getrenntes sind. Denken Sie auch daran, daß Wissenschaftler nicht unabhängig von Empfindungen sind. Ihre Urteilskraft und Ihre Fähigkeit, gute Arbeit zu leisten, wird auch von Ihrer Verdauung, Ihren Vorurteilen und vor allem von Ihrem Gefühlsleben abhängen. Sie müssen sich der Tatsache stellen, daß Ihre Leistungsfähigkeit in Mitleidenschaft gezogen wird, wenn ein anderer Mensch, dessen Wohlergehen Ihnen viel wichtiger ist als Ihr eigenes, sich auf einmal ganz anders verhält, als Sie je erwarten konnten. Wenn das Herz bricht, spürt man dabei kein Blut im Mund, das zu glauben wäre völlig absurd. Jedoch, ich wiederhole, Ihre Leistungsfähigkeit kann darunter leiden.«

Die Studenten in ihren schwarzen oder dunkelblauen Talaren gingen murmelnd aus dem kalten engen Zimmer. Zwei drehten wieder um und paßten Fred ab. Einer redete ihn an:

»Sie haben gesagt, unsere Aufsätze wären sehr schlecht, Mr. Fairly.« Er sei Robert Cork aus Sidney, Sussex, und dies Fraill aus Pembroke.

»Stimmt, sie sind sehr schlecht. Aber ich werde sie bei Gelegenheit einzeln mit Ihnen besprechen.«

Cork holte tief Luft. »Hoffentlich nehmen Sie mir nicht übel, wenn ich sage, daß ich mir Sorgen mache wegen Ihrer letzten Bemerkungen heute nachmittag. Fraill hier war auch beunruhigt. Ihre Äußerungen haben uns erschreckt. Sie schienen über das Unpersönliche hinauszugehen. Wir beide haben das Gefühl, daß wir viel von Ihrem Unterricht haben, und bis zu einem gewissen Grad haben wir Sie auch zum Vorbild für die Anfangsstadien im Leben des Wissenschaftlers genommen.«

»Wozu brauchen Sie ein Vorbild?« fragte Fred, aber Cork wiederholte nur noch einmal: »Wir haben uns Sorgen gemacht«, dafür schob Fraill kühn ein: »Es klang irgendwie nach persönlichem Kummer.«

»Ihre Aufsätze waren sehr schlecht, alle beide«, sagte Fred. »Trotzdem, danke.«

Einundzwanzigstes Kapitel
In Dr. Sages Klinik

Dr. Sages Klinik (der Name seines Partners – wer immer das war – wurde nie genannt) war früher ein großes Privathaus gewesen. Es war ein rosarotes Herrenhaus im Jakobischen Stil mit holländischem Giebel und merkwürdigen, von wildem Wein und Glyzinien überwucherten Erkerfenstern. Fred sagte dem Taxifahrer, er solle warten. Er hatte am Abend noch eine Verabredung, die er weder absagen noch verschieben konnte. Das bedeutete, daß er gegen sieben wieder in Cambridge sein mußte.

An der Rezeption sagte er: »Könnte ich Miss Saunders sprechen? Sie ist hier Pflegerin.«

»Von denen heißt keine so, Sir.«

Im selben Augenblick kam Dr. Sage in Person aus seinem privaten Büro und rief mit einem erfrischenden Anflug von Ungestüm: »Hier bin ich, falls Sie mich suchen! An meinen Patienten hier ist nichts verkehrt. Verkehrt ist ein Wort, das auf keinen von ihnen paßt. Ich kann mir ohne weiteres eine Gesellschaft vorstellen, in der sie ganz normal wären. Nicht ganz so ohne weiteres eine, in der sie glücklich wären.«

»Der Herr fragt nach einer Pflegerin Saunders, Doktor. Aber wir haben keine Pflegerin, die so heißt.«

»Saunders ist hier, sie ist nur keine Pflegerin«, sagte Dr. Sage scharf. »Sie ist Hausmädchen für die Station. Das hätten Sie wissen müssen. Lassen Sie sich bloß nicht in Ihrer Dummheit einfallen, meine Besucher abzuweisen. Sie sitzen im Empfang. Also empfangen Sie gefälligst.« Er verschwand durch den Vordereingang. Man schickte nach einem Pförtner, der Fred zum Dienstboteneingang bringen sollte.

»Man kann hier nicht reingehen, bevor sie rauskommen«, erklärte er.

»Wann hören sie auf mit der Arbeit?«

»Um halb sechs, Sir.«

Der Dienstboteneingang war die alte Hintertür des Hauses. Aus den hohen Fenstern darüber drang in Schwaden der Geruch von Desinfektionsmitteln, Soße, Pudding und Monkey-Brand-Seife. Hinter der nächsten Ecke des Gebäudes konnte Fred einen grünen Rasen sehen, auf dem Dr. Sage, jetzt ganz ruhig, mit einem wild gestikulierenden Patienten bedächtig auf und ab wandelte.

Frauen in Zweier- und Dreiergruppen kamen nach und nach heraus und trugen in ihren Taschen die Essensreste aus der Klinik, die sie mit nach Hause nehmen durften. Die

Laternen gingen an. Wieviel Zeit habe ich heute wohl nur mit Warten zugebracht, fragte Fred sich. Dann endlich kam Daisy, im Mantel, aber ohne Hut. Fred verschlug es den Atem.

»Jetzt hast du mich also erwischt«, sagte Daisy trocken. »Dr. Sage hat mich nicht als Krankenpflegerin eingestellt. Natürlich nicht. Ich habe ja nicht mal mein Zeugnis. Er ist immer noch drei Tage in der Woche im Blackfriars. Er weiß, was mir passiert ist. Ich brauchte ihm nichts zu erklären. Das war eine Erleichterung. Er sagte, er stellt mich für die Bügelarbeit ein. Wir haben eine Menge Inkontinente hier. Wir brauchen mehr Bettzeug als die meisten anderen.«

»Daisy, ich bin nicht gekommen, um dich danach zu fragen.«

»Ich hätte nicht gedacht, daß du hierher kommst.«

»Ich komme immer dahin, wo du bist. Es kann doch nicht sein, daß du das nicht weißt. Aber, Daisy –«

»Ja, was denn?«

»Es ist alles so gräßlich. Pett's Hotel ist gräßlich. Da kann man Zimmer stundenweise mieten.«

»Na ja, manche finden das ganz praktisch«, sagte Daisy.

»Rede doch nicht so«, bat er.

»Ich bin ja nie dagewesen. Vorgehabt habe ich's, aber dann kam alles anders, und ich hab's doch nicht gemacht.«

»Aber Daisy – er ist genauso gräßlich. Kelly ist gräßlich.«

»Vielleicht paßt er nicht nach Cambridge, aber hiersein kann jeder.«

»Nicht die Sorte Mann, um Himmels willen, wie kannst du bloß nach Cambridge oder sonstwohin mit dieser Sorte Mann gehen?«

»Wenn du das wirklich wissen willst, dann erzähle ich es

dir. Ich war am Boden. Ich habe dir erzählt, wie ich meine Stelle verlor. Ich habe nicht damit gerechnet, daß ich Kelly in der Liverpool Street begegne. Ich habe nicht damit gerechnet, daß ich irgend jemandem begegne. Aber als er dann da war und diese Striezi-Kleider trug und ich ihn nicht mal leiden konnte, war er trotzdem besser als gar niemand.«

»Aber liebst du ihn denn, Daisy?«

»Himmel, nein!«

Fred war dem Ersticken nahe, weil er sich von ungreifbaren Gesetzen oder Spielregeln eingeengt fühlte, die besagten, daß nur eine begrenzte Menge Fragen gestattet waren. Und offenbar verstieß er schon dagegen und stellte die falschen Fragen.

»Warum hast du vor Gericht gesagt, du wüßtest nicht, wer er ist?«

Er wollte sie von der Hintertür wegbringen. Sie standen unter einer Gaslaterne, die den Weg schwach beleuchtete. Sie sah sehr blaß aus und vielleicht nicht einmal hübsch. Warum hatte sie gesagt, sie wisse nicht, wer Kelly sei? Das zu erfahren, war für Fred jetzt am vordringlichsten. Es lag gerade noch im Bereich des Möglichen, daß sie so getan hatte, als kenne sie diesen Mann nicht, weil sie Fred schonen wollte. Wenn das stimmte, dann konnte sein ganzer Kummer, der sich wie ein Berg aufgetürmt hatte, wieder in sich zusammenfallen, dann blieb nur noch übrig, was kostbar war. Sag es, Daisy, sag es, sag es. Aber er wagte nicht, sie danach zu fragen.

»Natürlich erzähle ich keine Lügen, wenn ich nicht muß«, sagte sie. »Der Straßenbahn laufe ich auch nur hinterher, wenn ich unbedingt muß.«

Sag's doch, sag es.

»Ich hatte schon Angst, er kommt hierher«, sagte sie, und es klang fast, wie wenn sie Konversation machen wollte. »Er muß eigentlich nach London zurückwollen, ich sehe nicht, was sonst. Wenn die Polizei ihn nicht festgehalten hat, weiß ich nicht, wohin er sein kann.«

»Mein Gott, dich kümmert doch wohl nicht, wohin er ist, oder?«

Sie murmelte etwas vor sich hin, was er nicht verstehen konnte, nur das Wort ›besser‹ hörte er. Bitter sagte er: »Mach dir keine Sorgen. Wenn du Angst um ihn hast, kann ich dich beruhigen. Er ist oder war jedenfalls vor kurzem noch in einer Mülltonne im Botanischen Garten.«

Daisy sah verschreckt aus.

»Ich mußte ihn niederschlagen, Daisy.«

»Soll das heißen, du hast ihn k. o. geschlagen?«

»Nicht ganz.«

»Kelly ist älter als du, viel älter. Er hatte gefärbte Haare. Das mußt du doch gemerkt haben, wenn du ihn aus der Nähe gesehen hast. Er muß so tun, als sei er jung, das ist so in seinem Beruf. Sein Job ist nichts, um stolz drauf zu sein, aber er hatte auch nicht solche Startvorteile wie du. Denk daran, nächstes Mal, wenn dir wieder so ein armes Schwein über den Weg läuft.«

Sie sahen sich voll Verzweiflung an, und jetzt schienen sie einem anderen Gesetz oder anderen Regeln unterworfen, die sie zwangen, einander zu sagen, was sie nicht meinten, und anzugreifen, was sie so gern verteidigt hätten. Aus dem Dunkel klang das Räuspern des Klinikpförtners.

»Tut mir leid, Sir, es liegt nicht am Doktor, der will, daß alles hier Tag und Nacht offenbleibt, aber die Verwaltung sagt, wir müssen abschließen.«

»Komm nicht mehr hierher, Fred. Ich bleibe hier nicht. Du würdest mich hier nicht mehr finden.«

»Ist das wahr, Daisy? Ist das wirklich die Wahrheit?«

Er wußte es. Daisy ging wieder durch den Kücheneingang ins Haus und zog die Tür hinter sich zu.

Zweiundzwanzigstes Kapitel
Die Pforte zum Angels

Das war um sieben Uhr gewesen. Um halb acht meldete sich Fred, wie verabredet, bei Professor Flowerdew. Er entschuldigte sich, er sei nicht ganz auf der Höhe.

»Aber lieber Fairly, ich bitte Sie. Ich weiß doch, was Ihnen zugemutet wurde. Sie waren als Zeuge vorgeladen, ausgerechnet vor das Polizeigericht. Der Provost vom St. James hat mich, vor einer Stunde ungefähr, zu einem Sherry eingeladen. Obwohl er recht oft zum Dinner hier ist, bin ich anscheinend das einzige Mitglied der Naturwissenschaftlichen Fakultät, mit dem er gelegentlich Sherry trinkt. Ich glaube, das kommt daher, daß er – ganz zu Unrecht – glaubt, ich sei ein Gegner der Experimentalforschung. Wie auch immer, er hat mir erzählt, welch unangenehme Erfahrungen Sie heute morgen machen mußten.«

»Wollen Sie damit sagen, daß Dr. Matthews im Gerichtssaal war?«

»Er hat anscheinend den Prozeß beobachtet – warum, kann ich mir allerdings nicht denken.«

»Ich habe ihn nicht gesehen«, sagte Fred.

Dr. Matthews, Holcombe, wer denn noch alles? Er hatte sie nicht bemerkt, und selbst wenn, sie wären ihm vollkommen gleichgültig gewesen. Er hätte zuviel anderes im Kopf gehabt, um darauf reagieren zu können.

»Ein ausgezeichneter Gelehrter«, fuhr der Professor freundlich fort, »aber man sagt, er hört Schritte und Töne hinter der Holzvertäfelung im Haus des Provosts. Natürlich hat jedermann das Recht, es in seinem eigenen College rumoren zu hören. Wie auch immer, er berichtete mir von unerfreulichen Charakteren, die vor Gericht auftraten – ein zwielichtiger junger Mann, ein reichlich eigensinniger Bauer, eine hübsche, aber unaufrichtige junge Frau.«

»Meiner Meinung nach darf man nicht alles, was Dr. Matthews sagt, unbesehen hinnehmen«, brachte Fred mit Anstrengung heraus. »Er schreibt Romane, wie Sie sicherlich wissen.«

»Ja«, sagte Professor Flowerdew nachdenklich. »Er muß das eigentlich sehr verwirrend finden.«

Fred war gekommen, eine seiner unabdingbaren Berufspflichten zu erfüllen, nämlich seinen Professor abzuholen und zu einer wissenschaftlichen Abendveranstaltung zu begleiten, die im Ostzimmer der Old Schools stattfinden sollte – ein Hinweis auf ihre hohe Bedeutung. Das Thema war auf seine Weise delikat. Zu erwarten war eine Erläuterung dessen, was Ernest Rutherford, damals noch in Manchester, dazu gebracht hatte, daß seine Vorstellungen von Struktur und Aussehen eines Atoms – falls überhaupt jemand sie sehen könnte – nicht mehr mit denen seines alten Lehrers J. J. Thomson übereinstimmten. Rutherford hatte leider nicht selbst kommen können, hatte aber aus Manchester seinen persönlichen Assistenten, Hans Geiger, und einen sehr jungen Doktoranden namens Marsden geschickt, der die Demonstration vornehmen sollte.

»Ich werde mir die beiden nicht anhören«, sagte Flowerdew, »ich wäre aber dankbar, wenn Sie ausführlich und vollständig mitschreiben, da ich nicht annehme, daß vor der Vorlesung eine schriftliche Zusammenfassung in Maschinenschrift oder gedruckter Form verteilt wird. Rutherford spricht dem Atom ja einen Kern zu. Das ist an sich noch nichts Bemerkenswertes. Newton hat dasselbe getan, obwohl er bei dieser Gelegenheit wieder einmal seine eigenen Prinzipien aus dem Auge verlor. Aber Rutherford behauptet nun, er könne zeigen, daß das Atom mit seinem Kern existiert, dieses aus nicht wahrnehmbaren Teilchen bestehende nicht Wahrnehmbare, das von einem Energieaustausch abhängig ist – und er kann nur sagen, daß er keine Ahnung hat, wann oder warum dieser Energieaustausch stattfindet –, aber es existiert, dieses Atom mit seinem Kern, behauptet er, und wir müßten es als die unteilbare Einheit der Materie verstehen.«

Fred wollte nur allein sein, sonst nichts, aber er sagte: »Sie sollten mitkommen, Herr Professor.«

»Nein, Fairly, ich könnte mich vergessen. Ich wäre imstande zu fragen: ›Wie kann das nicht Wahrnehmbare unteilbar sein?‹, oder sogar teilbar, denn das wird vermutlich als nächstes behauptet werden.«

»Ich gehe hin, dann werde ich ja sehen, was sie sagen. Ich weiß nicht, wie lange es dauern wird.«

»Ganz gleich, wie lange, kommen Sie auf jeden Fall gleich auf dem Rückweg zum College noch zu mir.«

»Möchten Sie, daß ich die Fragen abwarte?«

Flowerdew wurde etwas schwankend. »Nicht zu viele.«

Eine Spur zukünftiger Schwäche klang in seiner Stimme mit, so andeutungsweise, wie man den Herbst von Cambridge schon ahnen kann, noch bevor das erste Blatt fällt, wenn der Wind aus den Fens auf einmal kälter als kalt wird. Professor Flowerdew konnte seine Meinung nicht mehr ändern, das war ihm unmöglich. Es war nicht so, daß er J. J. Thomsons geordnetes Atommodell für besser gehalten hätte als Rutherfords wildes, unbestimmtes, widerspenstiges. In seinen Augen befaßten diese großen Geister sich beide nur mit einem ungreifbaren Nichts. Er war wie Benedikt XIII.; man mochte ihn auffordern, seine Niederlage zuzugeben, aber als rechtmäßig oder auch nur ehrenvoll würde er sie nie anerkennen. Möglicherweise mußte er sich noch weiter in die Isolation zurückziehen. Am Ende würde er sich vielleicht sogar um eine Stelle in Oxford bemühen müssen, aber wenn es dahin käme, dürfte man Fred Fairly, seinen ersten Assistenten nach so vielen Jahren und in gewissem Sinn auch seine letzte Chance, nicht darunter leiden lassen. Man mußte einen Weg finden, Fairly bis zum Ende seines natürlichen Lebens ohne Peinlichkeit und ohne Beunruhigung im St. Angelicus zu halten.

»Kann ich Ihnen etwas anbieten, bevor Sie gehen?«

Fred hatte ganz vergessen, daß er an diesem Tag der Desillusionierung und des Verlustes außer einer Tasse Tee und zwei Biscuits nichts zu sich genommen hatte. »Nein, vielen Dank, Herr Professor.«

»Das Essen werden Sie versäumen, fürchte ich.«

»Das macht nichts, vielen Dank, aber ich möchte nichts.«

»Gut, dann bis später. Wenn ich eingeschlafen sein sollte, was durchaus möglich ist, was werden Sie dann tun?«

»Darüber mache ich mir Gedanken, wenn es soweit ist«, antwortete Fred. »Vielleicht spiele ich etwas auf Ihrem Klavier und wecke Sie dadurch.«

»Oh, aber bitte leise, ganz leise.«

Der Professor sah ihn genauer an. »Stimmt, Sie sehen nicht gut aus, das haben Sie beim Hereinkommen gesagt, nicht? Haben Sie Geldsorgen?«

»Ich bin unglücklich, Herr Professor.«

»Nun, vielleicht ist es nicht nötig, die Fragen abzuwarten. Kommen Sie gleich nach dem Vortrag wieder.«

Als Daisy schließlich aus der Klinik wegging, fragte sie, ob Dr. Sage zu sprechen sei. Nein, er war mit einem Patienten beschäftigt, mit mehreren sogar. Eine Art Vortrag fand statt; die Patienten belehrten den Arzt, notfalls die ganze Nacht lang.

»Es ist nicht so wichtig«, sagte sie. »Ich werde ihm schreiben. Ich schicke ihm einen Brief.«

Sie war eigentlich erleichtert, denn es fiel ihr sehr schwer, Dr. Sage zu verlassen. In London ging er bei der Verordnung von Medikamenten unbedenklich mit seinen Patienten um, und hier in Cambridge schien er noch weniger normal als die Insassen seiner Klinik, aber wenn er auftauchte, wirkte er wie eine Garantie auf Fürsorge und Vertrauen. Außerdem war er das letzte Bindeglied, das sie noch mit dem Blackfriars verknüpfte, wo man auch ihr einmal vertraut hatte. Wenn er morgen die *Cambridge Evening News* las, würde er genau wissen, was sie getan hatte, und ein anderes Mädchen für die groben Bügelarbeiten fand sich dann ohne Mühe.

Sie fuhr mit ihrem geliehenen Fahrrad bis zu den Wrayburns. Mr. Wrayburn war nicht da. Mrs. Wrayburn saß vor einem kleinen Feuer am Kamin und genoß das Alleinsein. Daisy hatte gelernt, daß man nie in einer offenen Tür stehenbleibt und Zugluft hereinläßt, also trat sie über die Schwelle und schloß die Tür hinter sich, blieb dann aber stehen, um zu zeigen, daß sie im Aufbruch sei.

»Auf Wiedersehen, Mrs. Wrayburn. Ich kann jetzt nicht mehr in Cambridge bleiben, nicht nach dem, was im Gericht passiert ist.«

»Nein, Daisy, das geht wohl leider wirklich nicht.«

»Ich habe nicht damit gerechnet, daß alles so ausgeht, wie es jetzt gekommen ist.«

»Das glaube ich gern.«

»Wer hätte gedacht, daß Kelly auf einmal auftauchen würde?«

»Ja, das frage ich mich auch.«

Daisy seufzte: »Das Rad und den Türschlüssel habe ich zurückgetan, wo sie hingehören. Ich wollte Ihnen aber gern etwas geben, zum Andenken oder so.«

»Ach, Daisy, dich werde ich kaum vergessen.« Aber Daisy blieb beharrlich und zog dabei den Goldring von ihrer linken Hand.

»Der ist lockerer geworden, seit ich hier angefangen habe.«

»Nein Daisy, das stimmt nicht. Er hat noch dieselbe

Größe. Du personifizierst. Eine Schwachstelle der englischen Sprache. Du willst sagen, daß du dünner geworden bist. Jedenfalls sollst du ihn mir nicht schenken. Es ist ein Ehering.«

»Das glaube ich nicht, Mrs. Wrayburn. Er hat meiner Tante Ellie gehört, und die war nie verheiratet.«

Mrs. Wrayburn nahm den Ring dann höflich an. Sie war erschöpft. Daß Daisy eine Tante gehabt hatte, fand sie überraschend.

Daisy holte ihre Habseligkeiten aus dem Dachzimmer. Die Kiste wartete noch in der Gepäckaufbewahrung im Bahnhof Liverpool Street, niemand hatte sie abgeholt. Sie hatte die ganze letzte Zeit über nur aus ihrer Reisetasche gelebt, die ihr inzwischen so unverhältnismäßig lieb geworden war, wie es fast allen Vagabundierern geht. Haarbürste, Kamm, Korsett, Lavendelwasser, Taschentücher, Gebetbuch, all die treuen Begleiter wanderten zurück in die Reisetasche. Es war eine ›Jemima‹ mit dehnbaren nachgiebigen Seitenwänden, aber sie klaffte trotzdem auf.

Als sie ihre übervolle Jemima durch die Straße schleppte, hatte sie das Gefühl, sie sehe aus wie jemand, der Katzenjunge zum Wasser tragen und ertränken will, aber sich im letzten Augenblick anders besinnt. Der Regen wurde heftiger. Sie hatte einmal einen guten haltbaren Regenschirm besessen, aber den hatte sie nicht mehr. Sie hatte ihn einer der beiden Köchinnen in Dr. Sages Klinik geliehen, und Daisy haßte es, einen ausgeliehenen Gegenstand zurückzufordern. Sie mochte ihn dann nicht mehr.

Sie überquerte die Straße und wartete am Graben auf jemanden, der sie ein Stück mitnahm. Als Kind hatte sie immer vom Reisen geträumt, aber daß sie die Hälfte ihrer Zeit zwischen den Außenbezirken von Cambridge und dem Bahnhof Liverpool Street pendeln müßte, hatte sie sich nicht träumen lassen. Jetzt endlich, als sie an den Bahnhof dachte, an den Schwefelgestank und an die Blech-Reklameschilder, die reihenweise dunkel und trist dort hingen, kamen ihr die Tränen. Stunde um Stunde hatte sie darauf gewartet, sich richtig ausweinen zu können, wie ein Trinker vor der Tür des *Jug-and-Bottle* wartet. Sie hatte alles aus der Hand gegeben. Sie hatte tödliche Angst, daß Kelly sie in London aufspüren würde. Aber sie weinte nicht vor Angst, sondern vor Kummer über den Schmerz, den sie Fred angetan hatte.

Von ihrem Standort aus konnte sie das Licht im Wrayburnschen Vorderzimmer auf der anderen Straßenseite sehen – nur ein einziges Licht, solange Mr. Wrayburn noch nicht wieder da war, aber im Turnerhof, der ein gutes Stück weg von der Straße lag, schien aus allen Fenstern Festbeleuchtung. Zwei-, dreimal klangen laute Rufe vom Haus herüber, dann hörte man es knarren und spritzen. Und als ob sie einen Traum zum zweitenmal träume, sah Daisy wieder Pferd und Wagen aus der Einfahrt des Turnerhofs kommen. Es mochte derselbe Wagen sein, nur war er diesmal mit Sicherheits-Öllaternen gut beleuchtet. Er kam quer über die Straße, bog nach rechts und hielt vor Daisy.

Eine Frau saß auf dem Kutschbock, ein einziges Bündel aus Decken und Ölzeug. Sie sagte kein Wort, also nahm Daisy ihre Tasche vom Boden, wischte sich mit dem Handrücken übers Gesicht, stellte den Fuß auf den rutschigen Eisentritt, schwang sich hoch und schob sich auf den Mitfahrersitz. Als der Wagen etwas kippelte und dann wieder ins Gleichgewicht kam, sagte die Frau ohne erkennbare Gefühlsregung: »Ich fahre zu meiner Schwester nach Chesterton. Für heute habe ich die Nase voll von dem alten Turner.«

Das Pferd war offensichtlich nicht willens, seinen Stall jetzt, bei Einbruch der Dunkelheit, noch einmal zu verlassen. Die Frau schlug wild auf das Tier ein, es warf den Kopf und schüttelte einen Schwall Regentropfen ab, die im Licht der neuen Wagenbeleuchtung glitzerten, dann setzte es sich in Bewegung und ging im Zuckeltrab vor dem Wagen. Die Reise war langwierig – alle Fahrzeuge überholten das Fuhrwerk – aber nicht geruhsam. Das Gefährt stampfte und schlingerte wie ein Schiff auf See, eine lose Speiche am Rad quietschte in regelmäßigen Abständen, Zaum und Zügel knarrten, das Pferd schnaubte, und in seinem Bauch rumpelte und grummelte es wie tiefinnerer Protest zu dem eintönigen, hohlklingenden Klappern und Klopfen der Hufe. Die Fahrt schien weder kurz noch lang. Sie verlief in einer friedlichen, geräuschvollen, vertrauten, monotonen Unbequemlichkeit, die als Isolation gegen alle und alles sonst auf der Straße wirkte.

Daisy sah an den Straßenlaternen, daß sie inzwischen in der Chesterton Road angekommen waren, wo sie einen Autobus zum Bahnhof erwischen wollte. Sie hatte sich beinahe in den Schlaf schaukeln lassen, aber jetzt wendete sie sich dem Bündel aus Decken und Öltuch zu:

»Wenn Sie so freundlich wären, langsam zu fahren, dann kann ich abspringen. Es war wirklich nett, daß Sie mich mitgenommen haben. Ich weiß nicht, was ich sonst gemacht hätte.«

»Sie haben ausgesehen, wie wenn Sie was verloren hätten. Deshalb habe ich bei Ihnen angehalten.«

Daisy zögerte. »Sie wissen nicht, wer ich bin.«

»Doch, das weiß ich«, sagte Mrs. Turner.

Als das Rücklicht des Fuhrwerks sich entfernte, immer noch so langsam wie zuvor, stand Daisy an der Bushaltestelle in der Chesterton Lane, mit dem Rücken zum Wind von den Fens, der allmählich schärfer wurde, aber noch nicht so wie die Schneide eines Messers, sondern nur wie seine Spitze war. Der Regen hatte aufgehört. Kein Bus kam, weder der City-Bus noch der Pendelbus vom Bull Hotel, der stündlich verkehrte. Daisy nahm ihre Schwesternuhr aus der Manteltasche. Acht Uhr war längst vorbei. Die Busse fuhren offenbar so spät nicht mehr. Sie hatte den letzten verpaßt. Sie machte sich also zu Fuß auf den Weg zum Bahnhof, und jetzt gab es nichts mehr zu grübeln, sie mußte nur nachdenken, welches der kürzeste Weg durch Cambridge zur Bahnhofsstraße war. Die Selbstvorwürfe hatten, wie es ihre Art ist, geduldig auf der Lauer gelegen, bis sie den Kopf frei hatte, und nutzten jetzt die Gelegenheit, blindlings überall einzudringen.

Sie überquerte den Fluß und bog nach links in die Jesus Lane ein. Das war ein Fehler, sie mußte nun irgendwann wieder nach rechts gehen, um zur St. Andrews Street zurückzukommen. Der schwach beleuchtete Pfad an einer alten Mauer entlang, auf den sie jetzt geraten war, konnte nicht zum Ziel führen. An dieser Mauer war sie noch nie zuvor gewesen. Für ein College war die Anlage zu klein, vielleicht war es ein Gefängnis.

Wie alle Ausgeschlossenen suchte sie ganz unbewußt nach einen Zugang. Nach ein paar Metern kam sie zu einem kleinen Tor, das nur so breit wie ein tiefer Mauerspalt war und weit offenstand. Das erstaunte sie nicht weiter, obwohl man doch erwarten würde, daß eine solche Anlage bei Anbruch der Dunkelheit fest verriegelt wird. Außer ihr wären allerdings nur ganz wenige Leute in Cambridge nicht erstaunt gewesen.

Diese wenigen hätten alle durch die offene Tür ins Innere gesehen. Sie konnte einen gewölbten Durchgang erkennen, nicht viel breiter als das Tor, und dahinter grünes Gras und die Äste eines Baumes. Schwaches Licht schimmerte vom Dach des Durchgangs und hinter dem Baum hervor. Nun wurde ihr klar, daß dies doch ein College sein mußte, aber sie war noch nie in einem College gewesen und hatte auch nicht Absicht, dieses zu betreten.

Sie hörte einen leisen Schrei, wie einen menschlichen Schmerzensschrei. Ohne nachzudenken ging sie dem Ton nach, geradewegs durch den Durchgang und fand einen älteren Mann in schwarzen Kleidern und Talar auf dem Rasen sitzen, er lehnte sich gegen den Stamm eines mächtigen Baumes mit leise raschelnden Blättern. Daisy kniete neben ihm nieder und stellt ihre feuchte Tasche auf dem Rasen ab. Er war nicht betrunken, der arme Kerl, er war blind. Verlangsamter Puls, kalter Schweiß, aber nichts Schlimmeres. Eine ganz gewöhnliche Synkope. Sie umfaßte ihn mit geübtem Griff und lagerte ihn vorsichtig, ohne zu zerren, flach auf den Boden, als ob das keine Kraft koste. Fast unmittelbar, nachdem Kopf und Herz sich auf einer Höhe befanden, bewegte er sich und sprach:

»Das Tor!«

Daisy vermutete, daß er den für ihn überraschenden Zustrom frischer Luft gespürt hatte, der durch die Öffnung in der Mauer kam. Manchmal können ganz unerhebliche Dinge den Blutdruck in den Hirnarterien verringern. Sie nahm seine Hand.

»Ganz ruhig, kein Grund zur Sorge.«

Andere Männer, auch in Talaren, kamen aus der hell erleuchteten Kapelle gegenüber. Leider schienen sie nicht besonders praktisch veranlagt. Beim Anblick Daisys schrien sie erschrocken, und einer hörte sich fast an wie ein Tier in Todesangst.

»Also wirklich, das ist doch keine Hilfe«, sagte sie energisch. »Bewegen Sie ihn noch nicht. Geben Sie ihm nichts oral. Warm zudecken und einen Arzt holen.«

Sie stand auf und strich sich den Rock glatt. Der Patient wollte ihre Hand nicht loslassen, aber Daisy kannte das und löste sich vorsichtig von ihm. Mit schwacher, klarer Stimme sagte er: »Das kann doch aber nicht ...?«

Daisy hob die Tasche auf, ließ die Verwirrung hinter sich,

ging wieder durch den Eingang, durch den sie hineingekommen war, und zog das hohe schmale Tor hinter sich zu. Das war viel leichter als man erwartet hätte. Das eiserne Türschloß schnappte fest ein.

Fünf Minuten hatte sie sich dort drinnen aufgehalten, länger nicht. Die kurze Verzögerung bedeutete jedoch, daß sie Fred Fairly begegnete, der langsam nach St. Angelicus zurückging.